藏在故事里的
必读古诗词

·水墨丹青篇·

侯兵◎著

北方文艺出版社

图书在版编目（CIP）数据

藏在故事里的必读古诗词．水墨丹青篇 / 侯兵著
.-- 哈尔滨：北方文艺出版社，2019.11（2021.9 重印）
ISBN 978-7-5317-4364-4

Ⅰ．①藏… Ⅱ．①侯… Ⅲ．①古典诗歌－诗歌欣赏－
中国－青少年读物 Ⅳ．① I207.22-49

中国版本图书馆 CIP 数据核字（2019）第 176686 号

藏在故事里的必读古诗词·水墨丹青篇
Cangzai Gushili de Bidu Gushici Shuimodanqingpian

作　者 / 侯　兵

责任编辑 / 富翔强　徐　昕　　　　　　装帧设计 / 平　平 @pingmiu

出版发行 / 北方文艺出版社　　　　　　邮　编 / 150008
发行电话 /（0451）86825533　　　　　经　销 / 新华书店
地　址 / 哈尔滨市南岗区宣庆小区 1 号楼　网　址 / www.bfwy.com

印　刷 / 天津旭非印刷有限公司　　　　开　本 / 880×1230　1/32
字　数 / 150 千　　　　　　　　　　　印　张 / 8.5
版　次 / 2019 年 11 月第 1 版　　　　　印　次 / 2021 年 9 月第 4 次印刷

书　号 / ISBN 978-7-5317-4364-4　　　定　价 / 39.80 元

序　言

　　诗与画本是两种艺术形式，生长在艺术百花园中的它们却又美好地相遇，虽然二者依旧保存着各自的独特审美特征，但殊途同归的它们却有着千丝万缕的联系。于是乎便有了让我们引以为傲且极具中国特色的题画诗。

　　相传宋代画院常以诗命题作画，如"野渡无人舟自横""踏花归来马蹄香"等，这些几乎已是人尽皆知。在画上题诗加跋，更是中国画特有的形式，含义极深。字句精练的题跋（包括章印的运用）是画面的补充和阐发，打破了绘画的局限。文字表达了绘画所不能表达或不必要表达的东西，更衬托出画面的诗情，增加了画面内容的深度，有助于画家思想感情的倾露，更能使观者有身临其境之感。

　　古诗词和国画一样，不但重意境，而且强调诗画有尽而意无穷，意到笔不到，弦外有深意，犹如品茶、听戏一般回味无穷。这样的诗词中本身就有山、有水、有故事，有人、有情、有乾坤，单纯的笔墨丹青是说不尽、道不得的。

　　诗和画，都是创作者情绪的表达，是他们真情的流露。正是抒情这一个共同点，使中国的绘画与诗歌结合起来，"诗中有画""画中有诗"，这种境界是外国诗歌及绘画所无法企及的。

一诗一画一故事，亦韵亦花亦烟云。诗词是一种语言艺术，讲求"诗乐舞"结合，无论是音律还是结构的发展，都达到了极致。可文人们更推崇的是境界，所谓诗境，不单单是"一切景语皆情语"，更是"诗中有理，言之有物"。诗词中充满着诗人自身的真情流露和人生境界，绘画更是如此，笔墨点化之处，情绪跃然纸上。无论是一朵梅花、一座山峰，还是亭台花前、月下佳人，记录的是情绪、是故事，更是一段段传奇的人生。

眼前所见，心中有感，笔下自然流出无限深情。诗词由词、句、段构成，而作为造型艺术的绘画却是由点、线、面绘就。二者在本质上是不同的，可在艺术表达上却又相通。这就好像王维的"大漠孤烟直，长河落日圆"，诗中见画境，画里道诗情，千古传诵。

诗与画在表达上也略有不同。诗词比绘画拥有更严格的韵律和凝练的语言，绵密的章法、充沛的感情以及丰富的意象，通过这些来高度集中地表现社会生活和人类的精神世界。甚至通过对现实对象的浓缩与精炼，概括与简化，突出和夸张其本质因素，从而达到点化成神的绝妙，这些都是绘画所不及的。所以说，画要活，先通境，取诗理，方才活。

启功先生曾师从著名书画家溥心畬。起初，启功向这位大师学画时，溥心畬总是问他有没有作诗，没办法，启功只好硬着头皮学写诗。在溥心畲的精心指导下，启功很快就掌握了作诗的方法。他常常会拿着自己画的题诗扇面，请溥心畲先生指点。后来，直到启功通了诗境，绘画才更上一层楼，这真是"汝果欲学画，功夫在诗内"。可以说，每一首诗都是一幅画，点点墨香都能感染心田，诗中的人和事都有无限的风光。

中国古代或是以诗入画，将诗意、诗境转化为画意、画境的作品；或是以诗写画，以诗文之长补绘画之短，使绘画作品的意境得以提升，让这两种艺术形式达到高度完美的统一。当代著名书画家李苦禅先生说："要以诗词歌赋的胸襟去作画，不是仅仅会在画上题诗就算有文学修养了。""文人画高就高在以诗作画，以文采领画。"诗意促画境，画意成诗境，诗意画境两相和，点墨生花纸上香。

如何能够完整体会诗与画完美结合所散发的无穷艺术魅力呢？不仅画要观，诗更要读，而且还应将绘画艺术品及其题诗对照起来一起研读，将画幅的绘画美和笔情、画境与题画诗里的诗意美逐一比照，寻找它们相互融通、渗透的妙处，整体地把握艺术品的美学特质。

画未传世，诗却还在。古诗词中的水墨丹青浩如繁星，无一不刻画了古代文人的精神风貌。那一幅幅栩栩如生的传世佳作，就隐藏在只言片语当中，记录下昔日山河的魅力剪影。读之诵之，让徘徊其中的我们被一幕幕画面感动，被一个个故事所吸引。

　　这是一种文化的传承，这是一段尘封的历史，应该被后人铭记。"今人不见古时月，今月曾经照古人。"希望通过这样一本书，带给广大读者一种美的体验，开启一段璀璨绚烂的时光之旅。

目录
Contents

第一辑

妙造自然——花鸟鱼虫动物画

　　书画艺术源远流长，师法自然奥妙无穷，且呈现出"诗、书、画"相融合的表现形式。放眼历代画坛，能达到"诗堪入画方称妙，画可融诗乃为奇"境界的高手比比皆是。

　　中国画以水墨丹青为载体，天地万物皆可载入诗画。你且看那兰花幽香芬芳，梅花凌寒独放，松柏翠绿挺拔，葡萄晶莹剔透；仙鹤翩跹起舞，鸟雀灵动婉转，野鸭江中嬉戏，骏马飞驰嘶鸣；鱼儿水中畅游，蝴蝶相伴款款而飞，在诗画家的高超技艺下无不栩栩如生，活灵活现。

宋之问　粉壁图仙鹤，昂藏真气多

咏省壁画鹤

[唐]宋之问

粉壁图仙鹤，昂藏真气多。

骞飞竟不去，当是恋恩波。

宋之问诗名问古今，唐人之中夺锦才

初唐诗坛，群星璀璨，一诗既出，天下可撼，就好像这万里江山都是为诗文堆成，整个时代是为艺术而生。在这群星之中不乏佼佼者，而宋之问居于其列亦无愧色。

宋之问，初唐诗人，字延清，名少连，汾州隰城（今山西汾阳市）人。他与当时的著名诗人沈佺期并称"沈宋"，还与当时的陈子昂、李白、孟浩然、王维、贺知章等九人，并称"仙宗十友"。

古代讲究门第出身，虽然宋之问并未出生在显赫世家，但其父宋令文却矢志于学，发迹于乡间，才艺德兼备，世称"三绝"。在父亲的影响下，宋氏三兄弟自幼皆勤奋好学，各占父之一绝：其弟宋之悌骁勇过人，二弟宋之逊精于草隶，而作为长兄的宋之问则专攻诗文。一门三兄弟就成了那个时代的佳话美谈。

《新唐书·宋之问传》中还记载了另一段文坛佳话。

相传女皇武则天建立大周之后，御驾出游洛阳龙门的香山寺，游览之余"命群官赋诗，先成者赐以锦袍"，并由时任文学侍从的才女上官婉儿主持裁定优劣。结果左史东方虬率先完成，于是依照武皇旨意，当赐锦袍给东方虬。然而，东方虬"拜赐。坐未安"，宋之问的《龙门应制》也出炉了。上官婉儿断其诗"文理兼美"，而且这首诗还让在场众人交口称赞。于是，女皇武则天将已经送出去的锦袍又转赐给宋之问。由此可见，宋之问子承父业，确有夺锦之才。

鹤留壁上影随身，人在花前香入梦

上元二年（公元675年），宋之问还是一位身材高昂、仪表堂堂的翩翩少年。他春风得意，进士及第，登临"龙门"。带着一家人的厚望与期盼，带着对自己未来的无限憧憬，他正式踏上了仕途正道。那一年，他才19岁。

清人方熏在《山静居画论》中云："高情逸思，画之不足，题之发之。"一语道破了题画诗能够补充画意的功能。而宋之问这首《咏省壁画鹤》中的"昂藏真气多"一句更是精妙地展现了丹顶鹤的气度轩昂，自命不凡。

一面粉墙，平整如镜，光可鉴人，它能折射出站在它面前之人心中所想。墙上所绘一片云海渺渺，其间几只白鹤隐约可见。要不是这墙有边界，观画之人岂不坠入这无边天际？鹤舞盘旋，翱翔九天，心中所想，耳旁齐鸣，心动鹤动，心静云静。这画气势浩荡，这人胸襟广博，不知观画之人是这鹤中哪只？

少年白衣好真气，才华横溢思不凡。这鹤终究不是凡间俗物，定是藏有仙风道骨。云海之上，真人贵气，平步青云，独立九天。

宋之问年少成名，五言未有能出其右者，这首《咏省壁画鹤》记录的就是这位昔日翩翩少年的梦想与野心。

陈子昂 独舞纷如雪，孤飞暖似云

咏主人壁上画鹤寄乔主簿崔著作

[唐]陈子昂

古壁仙人画，丹青尚有文。

独舞纷如雪，孤飞暖似云。

自矜彩色重，宁忆故池群。

江海联翩翼，长鸣谁复闻。

陈言除弊子志昂，诗存风骨忠义长

也许是好的东西太多，人往往就不知道爱惜。这就像那诗坛不缺诗才的唐朝，死于非命的陈子昂，饥不果腹的杜甫，浪迹天涯的李商隐，一贬再贬的柳宗元……那锦绣的万里河山，到处流淌着诗人们的斑斑血泪，这其中最让人扼腕叹息的就是陈子昂了。

初唐诗人陈子昂，字伯玉，梓州射洪（今四川省遂宁市射洪县）人。他是初唐诗文革新的重要人物之一，因曾官任右拾遗，所以后世常称之为陈拾遗。

十七八岁时的陈子昂不仅乐善好施、仗义疏财，而且活泼好武，慷慨任侠，但尚未致学，更不知书。后来因为击剑伤到了人，开始弃武从文，钻研经史，短短几年时间便已学涉百家，小有所成。

唐高宗调露元年（公元679年），20岁的陈子昂内怀经天纬地之才，出三峡，北上长安，第一次参加科举考试，最终却铩羽而归。年少的他毫不气馁，又苦学几年，"数年之间，经史百家，罔不赅览。尤善属文，雅有相如、子云之风骨"。扎实的文学功底也为他后来革新文学奠定了坚实的基础。

永淳元年（公元682年），时年23岁的陈子昂再次入京应试，依旧名落孙山。两次应试不第，对他来说完全输得起，因为他还有大好年华。

苦心人，天不负，终于，他如愿以偿地于次年进士及第，并因上书论政得到了女皇武则天的赏识，被授予麟台正字一职，那年的他不过24岁。

为官任上的他直言敢谏，后升至右拾遗，却因"逆党"反对武后而株连下狱，于是有了26岁、36岁这两次从军边塞。本着为国家分忧，为边防出力的心，他还是一如既往地干工作，想要有一番作为。但在圣历元年（公元698年），他的父亲告病还乡，不久后病故。

屋漏偏逢连夜雨，在陈子昂居丧期间，权臣武三思指使射洪县令段简罗织罪名，对其加以迫害，最终，一代诗才冤死狱中，年仅42岁。

陈子昂为诗坛做出了巨大的贡献，这种贡献的伟大甚至不拘泥于一个时代。杜甫称赞他"千古立忠义，感遇有遗篇"。韩愈在《荐士》中写道："国朝盛文章，子昂始高蹈。"

陈子昂反对初唐时期宫廷诗人推崇的齐梁诗风——"彩丽竞繁，而兴寄都绝"，鲜明地指出"风雅兴寄"和"汉魏风骨"才是创作的先驱榜样。他主张用"兴寄"发扬诗歌批判现实的传统，要求诗歌为政治服务，用"风骨"充实诗歌高尚充沛的思想感情和刚健充实的现实内容。

陈子昂的革新主张富有理论和实践的意义，为唐诗开辟了一条崭新的道路，甚至对盛唐诗人张九龄、李白、杜甫等都产生了深远影响。

画壁题诗赠故友，鹤鸣藏情掩悲凉

《咏主人壁上画鹤寄乔主簿崔著作》是陈子昂所作的一首五言律诗。诗人偶然间看到一幅壁画，画中仙鹤呼之欲出，于是作诗一首，寄给远方的两位朋友。虽然壁画没有流传下来，但这首诗完全写出了画的神韵，并带着诗人无限的悲怆传于后世。

古老的墙壁早已残缺不全，上边的壁画还未凋落，就像这岁月常常能侵蚀掉坚强，却带不走那昔日的美好。仔细看画，好似仙人绘就，凡夫俗子岂能画出如此神韵。画中是一片沼泽地，清风吹过，水面泛起层层涟漪，碧绿的芦苇也在随风摆动。

开阔的水面之上，一只仙鹤正张开翅膀扭转着身子，好像在临风沐雨。它的一根根羽毛在风的作用下猎猎而动，是那样地与众不同。它就像是一位来自西域的舞姬，身披白雪，下着玄色，头戴朱红，在天地之间的大舞台恣情欢跳着胡旋舞，曼妙的舞步足以让万物动容。

再往上看，另一只仙鹤迎着日光，腾空展翅。那份暖意带着金黄从羽毛间流出，直流进人心底。高处的鹤时不时发出一阵阵长鸣，水中的鹤在一声声短叫应和着。这声音从画中传出，传到看画人的灵魂深处。原来空中的鹤是因为不知谁能与之为伴，故而长鸣求偶。

也许只有居于高处，有情人才能看得到诗人吧！就好像自己华丽的羽翼，在阳光下颜色会格外鲜艳夺目一样。

可有时飞得久了，心也倦了，还是怀念昔日的伙伴。所以诗人并未沉迷于路上的风景，也不曾在水面临风起舞，更未曾在任何一片芦苇下休憩。他就如同承载翱翔九天的风，没有根亦留不住。他展开双翅，在这天地间画个十字，无论飞到哪里，都是他梦想的坐标。他的左翼飞过大江，他的右翼飞过大海，用心将二者相连。他引吭高歌，声传万里，只想让他曾经的伙伴和意中人听到这份孤寂。可是，在这巨大的回声中，除了自己谁又能听得到呢？

诗中深意画不同，笔下真情道相似

我想，陈子昂的巨大孤独感能笼罩整个唐代，原因就在于，那只高飞的离群孤鹤，丢失了皇帝的青睐，丢失了曾经志道相合的同僚，丢失了想要改变这个时代的理想。

"蒹葭苍苍，白露为霜，所谓伊人，在水一方"，他像渴望佳人一样渴望着得到当权者的赏识，这样才能把他的雄才大略用在这锦绣山河上，才能不负自己一心为国的夙愿。

于是，他把这首诗寄给同僚，并希望朋友凭鹤悟意，能明白这其中蕴含的无限同情与关切。鹤便是人，人亦如鹤。诗人陈子昂这是在用比兴手法托物言志，借物咏怀。

鹤形脱俗，仙风道骨，既隐喻崔、乔二人各有前途命运，又是诗人对现实处境的自比。诗人如鹤般发出一声长鸣，向天地苍生呼救哀求，谁又能体会他的处境呢？

这也是因人而异吧。

王维　春去花还在，人来鸟不惊

画

[唐] 王维

远看山有色，近听水无声。

春去花还在，人来鸟不惊。

王诗山水传古画，音韵佛心维摩诘

历朝历代诗文写得好的文人比比皆是，但既能在诗坛独领风骚，又对音乐有所造诣，还能在画坛开宗立派的就少之又少了，王维就是其中一位。

王维，盛唐诗人，字摩诘，河东蒲州（今山西运城）人。他的名和字皆来源于一部佛教典籍《维摩诘经》，可见他精通佛学，且受佛教禅宗影响很大，故有"诗佛"之称。

王维诗、书、画都很有名，并且精通音律，多才多艺。绘画上，他是丹青妙手，创造了水墨山水画派；诗歌上，他创作的近体诗严守声律，意态豪放，与孟浩然合称"王孟"；音乐上，他的造诣也颇高，古书中曾记载王维"性闲音律，妙能琵琶"。相传王维九岁就能撰写诗文，尤擅草隶，娴熟音律，深受岐王赏识。在他将要参加科举考试时，岐王还建议他将自己所作的诗文抄录数篇，配以原创的琵琶新乐，好将其引荐给九公主。王维丝毫不敢怠慢，按照岐王的话一一去做。

一日，在九公主府邸，他独奏新曲，引起了九公主的好奇。公主问他是什么曲名，王维答曰："《郁轮袍》。"于是，王维顺理成章地献上其他原创诗卷。九公主读罢，赞叹说："这些都是我时常诵读的诗作，本以为是古人佳作，没想到竟然是你的作品啊！"于是请王维上座，又赞美说："京城能得到这个读书人作解元，实在荣幸啊！"

王维因得到岐王的器重，又得九公主的力荐，开元十九年他三十多岁时就顺利考取了状元，被提拔做了右拾遗，不久又升迁了给事中。都说对一个人的欣赏是始于才华，终于人品，那么唐代大诗人王维则堪称极品。因为他不仅仪表堂堂，才华横溢，而且还有情有义。

有情有义有知己，无所无心无佳人

唐代爆发安史之乱后，叛军攻陷长安、洛阳，皇帝匆忙之下逃亡蜀地。王维一路随从护驾，因行程中掉队，不幸被叛军所擒。他服下药物假装失语，想因此逃过一劫，但安禄山爱惜他的才华，将其拘禁在东都洛阳普施寺，逼迫他任了伪职。一日，叛军们在凝碧池大摆庆功宴，逼迫唐宫乐人表演节目，乐工雷海青不愿向叛军屈服，于是就摔碎乐器拒演，后来被残忍杀害。

王维知道这件事后心绪难平。这时好友裴迪恰好冒险来看他，王维就偷偷作了一首《菩提寺禁裴迪》送给好友，以抒发心中悲愤："万户伤心生野烟，百官何日再朝天？秋槐叶落空宫里，凝碧池头奏管弦。"这首诗后来还在皇帝驻留的地方广为传诵。

都说落难见真心，患难见真情。乱军平定之后，朝廷追责，曾在安禄山手下任过伪职的全都治了罪。王维不幸被定为三等罪，打入大牢，等候发落。在这危难之时，他的弟弟，时任正三品刑部侍郎的王缙，主动向朝廷提出削官为兄赎罪，并以那首《菩提寺禁裴迪》为证，以彰其兄忠心。

好友裴迪更是丝毫不避讳王维戴罪之身，在殿前为他作证，保他没有投敌。这样王维才得以赦免，被免予处罚，后来还一度官至尚书右丞。

其实能大难不死，劫后余生，王维最要感谢的人应该还是他自己。没有他自身的才华和气节，没有他真心真意地去结交每一个人，他怎会如此幸运？这正如佛家常说的，种下什么因，便结什么果。

王维自妻子去世后独居30年，禁肉食，绝彩衣，居室中仅有茶铛、茶臼、经案和绳床，除此外身无长物，过着如僧侣一般的清苦生活。诚心奉佛的他退朝回到家中后，便焚香诵经、打坐冥想。他曾写下过"红豆生南国，春来发几枝"这样情真意切的诗句，但却未给其夫人写过只言片语。或许，他对妻子的爱全化为了行动吧？

"世间安得双全法，不负如来不负卿"，从此，他紧闭心门。后来，他甚至上表请求把自己的住宅变为佛寺。

王维独居蓝田的辋川，亭馆相对，好在还有朋友相伴，丘为、裴迪、崔兴宗等文人学士都与王维志同道合，与其相交甚笃。他们游览名胜，饮酒赋诗，其乐融融。据说，王维在临终前曾写信辞别亲友，刚停下笔就离世了。

诗画之中存山鸟，镜花水月终虚幻

王维自己曾作诗道："当代谬词客，前身应画师。"他的诗堪称妙品上上等，他的画更是构思精巧，意境深远。他在艺术上的天赋，已经达到了贯通诗画的境界，所以苏东坡评价他："味摩诘之诗，诗中有画；观摩诘之画，画中有诗。"这首王维所作的《画》是一首五言绝句，诗中暗设谜局，写出眼前所见的同时，又道出绘画的特点。这首诗既表达出他对美好事物的向往，又带有对现实的一丝丝忧伤。

伫立在画前，一眼望去满是山水花鸟。定睛细看，远处青山如黛，若隐若现。那山在画上本该是一成不变，可此时却在看画人眼前呈现出了千姿百态——我看青山似曾相识，料青山看我应如是。

仁者爱山，山的美，美在沉静，美在厚重，这正如仁心一般，能推己及人，才能与山相看两不厌。智者乐水，水的柔，柔在灵动，就好像思维一样，不墨守成规，所以抽刀难断水，水自向东流。画中的山有色，水无声，只因看画人心如止水，不动如山。由此可见，人的感官又怎能受到视觉和听觉的限制？

花不常开，人不长好，本就是人间憾事。画中的春花开得那么烂漫，好像在释放自己的美丽，去照亮看花人的心。眼前画中的花再好也并不是真正的花，春色再怎么灿烂也有结束的时候。即使看透万物也难逃四季更替，时光流逝。诗人就像画中枝头的小鸟，人来也不惊慌，独立枝头，羽毛艳丽，看似获得了永恒，但同样也失去了平凡生命中展翅与欢叫的快乐。只有着华丽外表，不会飞、不会叫，更不知青春已尽的鸟存在的意义是什么呢？

全诗中有无、远近、来去看似矛盾，实则统一于画境，更与山水、春色、花鸟高度相合。诗中所描绘的画似乎寄托着王维想要超悟的境界，那种心灵安静的状态在他的作品中随处可见。这种情怀遗世而独立，在大唐盛世下更显得难能可贵。鸟飞花落，人世浮沉，岁月可以带走一切美好的东西，却给我们留下了许多弥足珍贵的回忆。

杜甫 素练风霜起，苍鹰画作殊

画 鹰

[唐]杜甫

素练风霜起，苍鹰画作殊。

㧑身思狡兔，侧目似愁胡。

绦镟光堪摘，轩楹势可呼。

何当击凡鸟，毛血洒平芜。

杜鹃啼血常沉郁，甫人作诗传古今

杜甫，字子美，自号少陵野老，襄阳人。他是伟大的现实主义诗人，在中国古典诗歌中的影响非常深远，与李白并称为唐代诗坛双子星。他用诗歌记录了唐代由盛转衰的历史，后人尊称他"诗圣"，也称其为杜拾遗、杜草堂，他的诗亦被称为"诗史"。

杜甫出身于北方大族，是京兆杜氏之后。年少的杜甫过着较为安定富足的生活，顽皮的他"庭前八月梨枣熟，一日上树能千回"。他自小好学，天资聪颖，"七龄思即壮，开口咏凤凰"，青年时便立下"致君尧舜上，再使风俗淳"的远大理想。

壮年和老年的杜甫却潦倒不堪，当然那是后话，这里暂且不提。"国家不幸诗家幸，赋到沧桑句便工"，即使是在那样动荡的岁月里，杜甫也能取得如此高的文学成就，清人赵翼的这句诗就是很好的诠释。

他之所以能被称为"诗圣"，除了在诗歌上的杰出造诣外，还有他在诗歌中所流露出的先人后己、忧国忧民的高尚情操。自古以来，能成为圣贤的人都不是自己刻意为之——孔子如此，屈原如此，杜甫亦然。他们传递给人们希望和感动的力量，帮助人们渡过一个又一个难关，这才得以名垂青史。

往昔年华十四五，出游高格翰墨场

杜甫是一位多产的大诗人，《杜工部集》保存了他大约1500首诗歌，其中有众多题画诗。

《画鹰》这首题画诗大概写于开元末年，是杜甫年少时期的作品。此时诗人意气风发，富于理想，积极进取，年富力强，没有生活的压力。因此他的诗文充满着积极入世、渴望建功立业之雄心壮志。同时，诗人也通过对苍鹰的描写，抒发了他那爱憎分明的立场和壮志凌云的豪情。

苍鹰腾飞击凡鸟，赢得毛血洒平芜

眼前的画绢一片洁白，仿佛苍茫大地。毛笔饱蘸墨汁，却没想到提笔动腕的刹那间突然腾起一阵风霜肃杀之气，这不免叫人惊叹是何原因。原来是画者那矫健不凡的手法，仿佛挟风带霜而起，直让人心生寒意。

寥寥数笔勾勒之后，一只苍鹰跃然而出，它耸起身子蓄势待发，好像是想攫取那狡猾兔子似的。这天生的猎食者的眼睛和猢狲相似，侧目而视，流露出阵阵杀气。就算苍鹰一只腿上绑着金属环，那也拴不住它的神采飞扬。若让苍鹰挣开束缚，那它肯定要振翅高飞、俯冲扑食了。少年的杜甫意气风发，文采飞扬，正如这只英姿雄发的苍鹰。

全诗八句，可分三层：一、二两句为第一层，点明题目，侧面烘托苍鹰神采气势。三至六句为第二层，正面描写苍鹰神情姿态。最后七、八两句为第三层，承上收结，盼鹰搏击凡鸟。此诗寄托着作者年少自命不凡、痛恨庸碌的壮志豪情。

这首诗还有几点妙处：

一是起笔运用倒插法，起到了先声夺人的艺术效果。此诗本是要写画鹰之人所画的角鹰，却先言"素练风霜起"，然后再点明"画鹰",通过描写画面上所产生的肃杀之气,为下文描写角鹰奠定了肃杀的感情基调。

二是用词精准考究,动静结合。诗人用字精工,颇见匠心。"思"与"似"、"摘"与"呼"两对词,把鹰刻画得极为传神。"思"写其动态,"似"写其静态,"摘"写其情态,"呼"写其神态。通过这些富有表现力的字眼,把画中鹰描写得同真鹰一般。

三是引经据典,思想内涵丰富。"毛血"一句出自班固《西都赋》:"风毛雨血,洒野蔽天。"至于"凡鸟",张上若说:"天下事皆庸人误之,末有深意。"这是把"凡鸟"喻为误国的庸人,似有除恶之意。

由此看来,此诗借咏《画鹰》以表现作者疾恶如仇之心,奋发向上之志。全诗不仅章法严谨,而且形象生动,寓意深远,堪称是题画诗的杰作。

元稹　翠帚扫春风，枯龙戛寒月

画　松

[唐]元稹

张璪画古松，往往得神骨。

翠帚扫春风，枯龙戛寒月。

流传画师辈，奇态尽埋没。

纤枝无萧洒，顽干空突兀。

乃悟埃尘心，难状烟霄质。

我去浙阳山，深山看真物。

元白诗出新乐府，稹理词浅意甚哀

悲剧故事《莺莺传》想必大家都有所耳闻，这部小说讲述的是贫寒书生张生对没落贵族女子崔莺莺始乱终弃的故事。小说虽有名，但小说的作者元稹却鲜有人提及。

中唐诗人元稹，字微之，别字威明，河南府东都洛阳（今

河南洛阳人）。他八岁丧父，因家贫，其母郑夫人便自己教元稹
读书和写字。元稹也很争气，九岁便能写文章，年少即有才名，
与来自太原的白居易同科及第并结为终生诗友，世称"元白"。
二人还共同倡导了新乐府运动，诗作号为"元和体"。

元稹的创作以诗成就最大。他非常推崇杜甫诗作，其诗学
杜而能变杜，言浅意哀，极其扣人心扉、感人肺腑。元稹的诗
作中以《遣悲怀三首》最为著名，这是他为纪念其妻韦丛所写。

但是元稹在政治上却并不得意，一生共经历四次贬官流
放。因为身居谏官之位，不想碌碌无为，所以他就大胆劾奏不
法官吏，曾平反许多冤案，得到民众的广泛欢迎和崇高赞誉。
但是他的举动却触犯了朝中官僚阶层及统治集团的利益，所以
经常被卷入尖锐复杂的政治斗争漩涡之中，为朝廷所不容。元
稹在被贬通州期间成就颇丰，不仅大量作诗（与白居易酬唱之
作多达一百八十余首），而且还完成了他最具影响力的乐府诗
歌——《连昌宫词》。大和五年（公元831年）七月二十二日，
元稹暴病，一日后便与世长辞，一生挚友白居易为其撰写了墓
志。元稹现存诗八百三十余首，留世有《元氏长庆集》。

诗心情就化秋雨，松骨画成扫春风

这首《画松》是唐代诗人元稹为张璪所画的松树题写的。

张璪的创作理念是不求巧饰，不重视外形的形似，而看重内心
对景物的感受。因而他更擅长描摹神态，求神似而不求形真。
在他的画中，不论是具有生命力的新枝，还是已经枝头干枯的
梢条，都各自具有独特的形态。

因此在这首诗中，诗人指出张璪画松往往能得其神骨。

那松树的外形远看就像翠绿的扫帚，异常灵动。春风吹拂之
下树梢微动，好像是被这扫帚扫来的一般。到了晚上，月上幽
谷，寒意初生，就像蒙上了一层薄薄的轻纱。在这朦胧之中，松
树在月光的映衬下更像一只干瘦的苍龙，充满质感，苍然若飞。

这高超的绘画技巧并没有流传到今天这辈画师手中，松树
的奇姿百态都被画师拙劣的绘画技巧埋没了。他们笔下的古松
死气沉沉，毫无潇洒的感觉，在画卷之上是那样的突兀，一点
也不自然。归根到底，还是因为他们在凡尘之中没有一颗超脱
世俗的心，因此就很难将松树身上散发出的好似天上清气般
"如烟如霄"的气质表现出来。画师如果不能将这种绘画精神
传承，那这世间画上的古松便再无生气，诗人认为自己也只能
深入淅阳山中，去找寻真正的松树来欣赏了。

虚实相生入画意，有无并存出诗境

无独有偶，唐代诗僧景云大师也有一首题画诗叫《画松》。

"画松一似真松树，且待寻思记得无？曾在天台山上见，石桥南畔第三株。"可见，唐代的松是作为一种意象频繁出现在山水画和人物画里的。让大师惊讶的是这棵松树竟画得如此逼真，所以他说："让我细细思考在哪里见过，好像曾经在天台山上见过，正是那石桥南畔的第三株！"

可见好的画作往往具有一种吸魂夺魄的感召力，能够使观者神游其境，感同身受。创作与鉴赏同是形象思维，前者是以真入画，后者则见画思真。元稹与景云有着一样的体悟，可见英雄所见略同。

中国古典诗歌的最高境界在于极貌写物、体物为妙，通过真切而准确地刻画景物的形貌情态，达到钩深索隐、穷形尽相的程度，这就突破了一般"巧构形似之言"的境界。庸俗画师的松树既无潇洒的枝条，又无昂扬的精神，将万年老松本身所蕴含的奇态湮没殆尽。

因为平常的画师心中并无松树的形态，他们的本心被尘灰所蒙蔽，所以无法体味到自然所体现的至道。这就要求创作者拥有一颗敏感的心灵，善于体悟外界景色的纤细变化和不同。更重要的是，在此过程中还应将作者的心灵加入到景色中，使"无我"之境化成"有我"之境，再由"有我"返归"无我"。

作为题画诗更是一样，不但要将画中的姿态神韵用文字表现出来，还需要从观者的心理出发，把自己的生活体验带入其中，化无形为有形，虚实结合，让读诗的人感受到与诗意相同的画境。这样才能既表现出画家的艺术造诣，又能写出与画相合的题画诗。

苏轼　蒌蒿满地芦芽短，正是河豚欲上时

惠崇春江晚景二首（其一）

[宋] 苏轼

竹外桃花三两枝，春江水暖鸭先知。

蒌蒿满地芦芽短，正是河豚欲上时。

苏木辅国为济世，轼固本心成文章

苏轼，北宋著名文学家、书画家，字子瞻，又字和仲，号铁冠道人、东坡居士，世称"东坡"，眉州眉山（今属四川省眉山市）人。其父亲苏洵，就是《三字经》里曾提到的"二十七，始发奋"的"苏老泉"。苏轼从幼年起就受到良好的文学熏陶。嘉祐二年（公元1057年）苏轼首次进京应试便获得了主考官欧阳修的赏识，并于嘉祐六年（公元1061年）应中制科考试，授大理评事、签书凤翔府判官，自此踏上了颠沛坎坷的仕途。

宋神宗初年王安石推行新法时，苏轼因反对新法，倾向以

司马光为首的旧党而卷入了上层政治斗争的漩涡。宋神宗元丰二年（公元1079年）又因"乌台诗案"被捕入狱，后经弟弟苏辙等人营救才免罪释放，被贬黄州团练副使。黄州团练副使一职相当低微，苏轼到任后，曾多次到黄州城外的赤壁山游览，为后世留下了《赤壁赋》《后赤壁赋》和《念奴娇·赤壁怀古》等许多名篇。公务之余，他还带领家人开垦了城东的一块坡地，种田帮补生计。"东坡居士"的别号便是苏轼在这时起的。

元丰八年（公元1085年），宋哲宗即位，司马光重新被启用为相，以王安石为首的新党被打压，苏轼因此重新得到朝廷的重用。元祐四年（公元1089年），苏轼任龙图阁学士、知杭州，主持筑成一条纵贯西湖的长堤，后人名之曰"苏公堤"，简称"苏堤"。

苏轼在杭州过得很惬意，但好景不长，元祐八年，新党再度执政。绍圣四年（公元1097年），年已62岁的苏轼被一叶孤舟贬到了荒凉之地海南岛儋州，直至元符三年四月（公元1100年），朝廷颁行大赦，苏轼才得以复任朝奉郎，北归途中在常州逝世。宋高宗即位后，追赠苏轼为太师，谥号"文忠"。

苏轼的一生虽颠沛坎坷，但他却始终能自得其乐。他生性放达，为人率真，好交友，也喜好美食，深得道家风范。他的词也秉承了这样的豪放之风，与辛弃疾同为豪放词派代表。苏轼在文、诗、词三方面都达到了极高的造诣，堪称宋代文学最高成就的代表，是北宋中期的文坛领袖。

桃花初放江水暖，河豚欲上芦芽短

文中的这首诗是苏轼题惠崇的《春江晚景》所作的组诗之一。虽然学界对此诗题中"晓景"还是"晚景"颇有争议，但这首诗确实成功再现了原画所描绘的江南早春景象。画面之上虽然只能见到鸭子戏水，可诗人却将所理解的画中意境，通过对芦芽、河豚的大胆想象进行描绘，使诗歌与原画相映成趣、相得益彰。

眼前画卷所描绘的正是这江畔早春景象。远处有连绵孤山，眼前有蜿蜒江水，江畔近处有一小片稀疏的竹林，竹林旁还种着桃树。可能是因为春天刚到，娇艳的桃花还没有全部开放，桃树上只有几枝桃花随风摇曳。可就是那两三枝星星点点的粉红，与翠绿欲滴的竹叶掩映相衬，甚是娇羞，将这份春意传达得格外让人欣喜。

早春江水虽略带寒意，可你看那江水中嬉戏的鸭子，仍不改好动的天性，在平静的江面上划出了道道波纹。鸭子游戏的乐趣也只有它们自己知道，就好像是它们最先察觉到了这春天已至、江水回暖一样。那片开阔的河滩之上长满了蒌蒿，叶薄茂密。江风吹过，叶随风摆，让人仿佛闻到一股浓郁清香。

那芦笋也应该开始抽芽了吧，趁着芽苗新生鲜嫩，可以采摘食用。提到鲜美就不得不提河豚，那芦苇再鲜美也比不过河豚，"吃了河豚，百味不鲜"，说的就是这个时节。在芦笋尚短之时，河豚此时正要从大海洄游到江河之中，逆流而上，那肉质定异常细嫩鲜美。

文字补画作不全，想象成诗歌意境

苏轼的一生得意时少，失意时多，始终处在党争的夹缝中。他在《自题金山画像》中总结自己的后半生说："心似已灰之木，身如不系之舟，问汝平生功业：黄州、惠州、儋州。"虽然屡次遭遇贬谪，但他却始终热爱生活、乐观豁达，正如这首题画诗所表达的。

首句"竹外桃花三两枝"既表明了时间点——早春季节，又从侧面写出了竹林的稀疏。你想，要是竹叶细密，恐怕就无法透过竹林见到桃花了。次句"春江水暖鸭先知"中，诗人对画面的描写先是由远及近，即从江岸到江面，给人一种空间转换的立体感。后又从视觉带入感觉，从"观鸭戏水"引出"鸭知水暖"。这种完全诉之于主观感觉和想象的事物是画面难以传达的，诗人却通过设身处地的感受，在诗中表达出来，补充了图画的弦外之音。

苏东坡的资深"吃货"形象在诗的最后两句表现得淋漓尽致。"苏门四学士"之一的张耒在《明道杂志》中也记载了长江一带本地人喜食河豚的习俗。"但用蒌蒿、荻笋（芦芽）、菘菜三物"烹煮，这三样与河豚最适宜搭配，所以"蒌蒿满地芦芽短，正是河豚欲上时"。苏轼联想巧妙，用想象得出的虚境补充了实境，再加上表现自然，整个画面生动充实。

诗人通过这样简练生动的笔墨，把无声的、静止的画面，转化为有声的、活动的诗境。在苏轼眼里，这已经突破了画框的界限，化静为动，通过自己内在的深邃体会和精微的细腻观察，表达自己对生活的独特体感。这样的艺术联想拓宽了绘画所表现的视觉之外的天地，使诗情画意完美结合。

黄庭坚　山鸡照影空自爱，孤鸾舞镜不作双

题画睡鸭

[宋] 黄庭坚

山鸡照影空自爱，孤鸾舞镜不作双。

天下真成长会合，两凫相倚睡秋江。

黄鹤庭前舞落花，坚壁千仞出山谷

北宋黄庭坚，字鲁直，号山谷道人，晚号涪翁，洪州分宁（今江西省九江市修水县）人。根据《宋史》的记载，黄庭坚自幼便聪颖过人，"读书数过辄诵"。他的舅舅到他家做客时想考一考他，于是便取架上的书问他，黄庭坚"无不通"，"常惊，以为一日千里"。

治平四年（公元1067年），黄庭坚考中进士。熙宁初（公元1068年），他参加了四京学官的考试。由于应试的文章最优秀，被授予国子监教授一职。苏轼有一次看到他的诗文，认为他的诗文超

凡绝尘，由此，他的名声开始震动四方。苏轼做侍从官时，还曾举荐黄庭坚代替自己，推荐词中有"瑰伟之文，妙绝当世；孝友之行，追配古人"这样的话。因此，黄庭坚与苏轼齐名，世称"苏黄"。

鸭游秋江双来倚，真情流波常相会

舒展画卷，一眼就能看到画上生动鲜活的鸭子。它们有的在嬉戏，有的在休憩，这原来是一幅鸭游秋江图。眼前画中无风，湖面如镜子般平整，不免让我想起了山鸡和鸾鸟。山鸡对着水照看自己艳丽的羽毛，以为自己吸引到了美丽的伙伴，忘我地卖弄表演，结果也只是自我陶醉罢了

绝对不能将落单的鸾鸟放在镜子前，否则它会以为自己是同类，求而不得，发出声声悲鸣。可怜这两种山禽，最终都未能成双成对。再看画中鸭子两两并在一起，真可谓朝朝暮暮常相伴，两情才能久长时。看来只有普普通通的鸭子才有机会相依相偎，长相厮守。再看那秋江之畔两只浅滩凫水的鸭子，安稳栖息，相伴而眠，多么安然惬意。

大巧若拙藏佳境，点铁成金艺自高

黄庭坚的题画诗最擅长以小见大，点石成金。从全诗大局

看，此诗构思精巧，全诗起承转合的章法明晰无疑。诗的首句、第二句铺垫，第三句转折，使得第四句意味深远，能看出诗人的感慨和志趣所在。全诗若是缺少其中任何一句的妥帖布局，都不足以打动读者。更何况此诗虽因画而起，落笔却不拘泥于画作，恰好能暗扣画面，实为题画诗中的佳构。

从诗句细节处理上看，首句夹叙夹议。"山鸡"典故出自《博物志》：山鸡羽毛很美，非常自恋，每日在水边照影自赏，以至于目眩，终于掉进水里溺死。次句"鸾鸟"的典故则出自《异苑》：有只鸾鸟长年不鸣，有人在它面前挂了面铜镜，鸾鸟看到自己的影子，以为是同类，哀惜不能在一起，悲鸣不已，半夜一头扑向镜子，结果撞死了。

这两句的核心意思统一在了"不作双"上，就是说都不能在一起，为下一句写鸭子埋下了伏笔。紧接着第三句一转，末句紧跟着表达了自己的想法：天地间真能长相厮守的其实只有这幅画里的两只普普通通的鸭子。它们虽然没有华丽的外表和清脆的声音，却能真正地相依相偎，无忧无扰，在秋江畔安稳栖眠。这寥寥一两笔，就表达出庄子那"无用之用是为大用"的哲学思考。

另外，黄庭坚作为江西诗派的宗师，自己就有"虽取古人之陈言入于翰墨，如灵丹一粒，点铁成金也"的理论。他将这一理论很好地应用在了诗歌创作中，其《题画睡鸭》一诗中画龙点睛之句，尤其值得再三体会。

所谓的"铁"，就如本诗化用了南朝徐陵《鸳鸯赋》中的"山鸡映水那相得，孤鸾照镜不成双。天下真成常会合，无胜比翼两鸳鸯"四句，以及唐人吴融《池上双凫·其一》一诗。

以上两篇都是本诗出处，但仔细比较三篇作品，我们会发现，黄庭坚的裁剪化用就像美颜相机一般，无论字词、诗意，都远超出原作。所谓"点铁成金"，应是如此了。可见大诗人作诗，靠的不仅是学识之渊博，阅历之开阔，眼界之高迈和用情之深远，尚有其天分所在。缺少任何一点，都不足以成就一代诗宗。

赵佶　已有丹青约，千秋指白头

腊梅山禽图

［宋］赵佶

山禽矜逸态，梅粉弄轻柔。

已有丹青约，千秋指白头。

赵苑瘦金藏美艳，佶光满目有清香

宋徽宗赵佶是宋朝的第八位皇帝，也是岳飞那首人尽皆知的《满江红》中"靖康耻，犹未雪"的主角。其实，宋徽宗即位之后就启用新法，在位初期还是颇有明君之气的。

但是自幼养尊处优的环境也养成了他轻佻浮华的性格，后来在蔡京等大臣的诱导下，政治形势自然一落千丈。他在位后期，以宋江、方腊为代表的农民起义接连不断。靖康元年（公元1126年），金军攻破汴京，宋徽宗与其子钦宗赵桓被金帝废为庶人。靖康二年（公元1127年）三月底，徽钦二宗一同被金人俘虏北去，北宋灭亡，史称"靖康之变"。

赵佶在位共二十五年，做太上皇一年零两个月。虽做了亡国之君，但他却也是古代少有的艺术天才和艺术全才。他自幼爱好笔墨丹青，对奇花异石、飞禽走兽等都有着浓厚的兴趣，尤其在书法绘画方面，更是表现出非凡的天赋，曾自创一种书法字体，后人称之为"瘦金体"。据说在赵佶降生之前，其父神宗曾到秘书省观看收藏的南唐后主李煜的画像，"见其人物俨雅，再三叹讶"，随后就生下了他。"生时梦李主来谒，所以文采风流，过李主百倍"，这种李煜托生的传说固然不足为信，但在赵佶身上，的确有李煜的影子，他也被后世评为"诸事皆能，独不能为君耳"！

山禽矜逸共白头，梅粉花枝才轻柔

这首题画诗是赵佶为《腊梅山禽图》所作。这位文学皇帝、艺术天才，在绘制这幅作品时，内心萦绕着无限的浪漫与理想，将自己对于爱情的美好幻想呈现在画卷上。他借蜡梅、白头鸟这样简单的寻常之物，来展现自己对情感与生命关系的哲学思考。人们在现实生活中最常见的禽鸟，就这样成为他抒发人间友情和爱情坚贞不渝的形象代言。

一株蜡梅铁枝虬干，树枝略弯，劲挺着直往上生长。枝头几朵梅花初放，花瓣片片可数，形状可爱。梅花那嫩黄的颜色让人看后，心中顿感暖流涌入。粉红的花蕊吐露着芬芳，一阵阵清香袭来，好像隔着宣纸幽幽地传进了肺腑。梅花花瓣单薄，那种娇弱让人怜惜，看画时人皆屏息静气，生怕呼气时将这精灵般的美好吹落。再看那梅树枝头，树梢上停落着一对野山雀，二者相互依偎紧靠。灵动的山雀好像在清脆地啼叫，叽叽喳喳，像是在互吐衷肠。

这声音透过宣纸传到了看画人的心中，叫人听了身心愉悦。两只鸟雀的羽毛透亮，全身棕色中又有黑色点缀，只有头部如雪一般洁白。这作画时的染料本身就不易泯减，山雀头部的留白更是千年不改。这可能是两只小鸟定下的丹青之约吧，彼此相伴千年之后，即使白头，依旧会不离不弃。

诗画艺术无尊卑，真情实感皆相似

赵佶的"瘦金体"无人不知，无人不晓，他在诗坛、画坛、书法界等诸多领域都表现出异于常人的天赋，可他就是不擅长政治，不知道怎样才能当一个好皇帝。多才多艺的赵佶生活中富有情趣，感情上也极其细腻敏感，这完全能从画上看出来。这幅画整体上刻画工整细致，富有生活情趣。画中所描绘的那株蜡梅枝干略弯而极富弹性，互相交错而富有变化。枝头几点黄梅开放，似乎有阵阵清香袭来。蜡梅枝头上的一对山雀相互依偎，将观者视线引向画外。

蜡梅枝干以劲细墨笔勾勒，再用水墨渲染，笔墨的粗细、干湿配合正相协调。从画上我们就能看出赵佶的生活习惯，他对生活中的景物有着细致的观察，对绘画技艺的锤炼也是非常勤勉。他还是一个懂得享受生活且富有情趣的人，所以把所有的精力都投入到追求美的艺术之上，之后的题画诗也从侧面间接验证了这一说法。

题画诗首句用"鸟语"引出了"花香"。由于画作无法表现出鸟雀鸣叫之声，亦无法描绘"鸟语"的内容，因而诗人准确使用"矜逸态"一词，将白头山雀在枝头欢愉雀跃的神态描绘出来，使观画者仿佛听到了它们吱喳喧闹的鸣叫声。而下一句的"弄"字把梅花当人来写，既有了动态之姿，又极富情趣。让人读了不禁浮想联翩，美上心头。

诗歌的后两句运用"丹青"与"白头"两种颜色进行对比，在反差中表现了赵佶对人与人之间如何友情长久的深刻哲学思考。"白头翁"一词很容易让人联想到古语"白头同所归"，意指朋友间情谊坚贞，白头不渝。而"丹青"是古代绘画中常用的颜色，不易褪色，故以此比喻友谊坚贞和心意千年不变。

作为画家，他体情状物；作为诗人，他以文感人。和他的绘画风格一样，他的诗歌中也充满了浪漫主义的个人风格。《腊梅山禽图》贴切地诠释了"逸态轻柔"的美感，他期待的"丹青之约"则是他追求唯美诗境的具体体现。

杨娃　开处不禁风日暖，乱飞晴雪点衣裳

题马远画梅四幅之一

[宋]杨娃

重重叠叠染细黄，此际春光已半芳。

开处不禁风日暖，乱飞晴雪点衣裳。

杨花落尽小桥西，娃笑春燕过绿堤

对于杨娃这个人，学界一直颇有争议。一说其为宋宁宗杨皇后之妹，另一说她为杨皇后本人。《书史会要》有记："杨妹子，杨后之妹。书似宁宗。远画多其所题，语关情思，人或讥之。"清人姜绍在《韵石斋笔谈》中评其书法"波撇秀颖，妍媚之态，映带漂湘"。她现存诗歌六首，词作一篇，诗风清丽飘逸，言语多有情思。

画家小像

南宋画家马远，字遥父，号钦山，河中（今山西永济）人。他出自绘画世家，一门五代都供职于皇家画苑。

马远自幼受艺术的熏陶，继承家学，并吸收南宋画家李唐画法，形成了自己的独特风格。他在我国绘画史上享有盛誉，以山水画成就最大，与夏圭齐名，时称"马夏"，又与李唐、刘松年和夏圭并称为"南宋四大家"，是绘画史上富有独创性的大画家。

梅放枝头春半芳，乱花飞落点晴裳

历史上杨娃的身份虽然颇有争议，但在马远这幅《画梅》上的题诗确是一篇佳作。诗中所提"缃梅"，其实就是一种浅黄色的梅花。这种梅花在现实生活中很常见，品种不多，且都不易结实，属于真梅系直枝梅类黄香型梅花。

早春时节，骤雪初晴，天气微寒，大地之上还覆盖着冰雪，万物似乎还没有恢复生机。那山坡高岗之上仍旧是满眼苍茫，雪海之中隐藏梅树一片，铁干直枝。再看那梅树枝头，早就开满了微黄的梅花，花开淡淡，好似初生的黄鸭身上那细微的纤毛，让人觉得亲近可爱。眼前画中白色的雪地里，层层叠叠，一片淡黄，煞是好看。

难道是谁打翻了染料吗？如此强烈的色差，好似初春还寒的天气中袭来一阵暖意，令人无比舒畅。这画中的春天已经过去大半了吧，要不雪地中怎会有花瓣散落。这片黄香梅盛开的地方日暖风急，娇弱的花朵也经受不住风吹日晒，纷纷凋落。嫩黄的花瓣千点万点簌簌落下，与这天晴后枝头上的清雪一道被吹下，错乱纷飞地落在了画中人的衣裳上，让看画的人也沾染了春天的颜色与气息，如同此身已在画境，春光传入眼中。

梅放枝头还傲雪，春风一到化雨飞

这首题画诗虽作者资料已不可考，但出自女性诗人之手无疑。全诗情感细腻入微，情融纤末之处，暖流直击人心。

首句"重重叠叠染缃黄"让读者眼前一亮，写出了梅花颜色的鲜艳且具有层次感。一个"染"字又没脱离画境，在诗中有静有动，仿佛眼前桃花在随风摆动，风姿绰约，姿态万千。次句"此际春光已半芳"交代了画中场景大概发生的时间，为后两句写花瓣随雪在春风中凋落埋下了伏笔。最后两句"开处不禁风日暖，乱飞晴雪点衣裳"，有因有果，相辅相成，联系紧密。花色的"暖"与雪的微"寒"在感觉上形成强烈的对比，使诗歌更加具有质感。

"乱"与"点"的运用让读者全方位体察到诗之意境。诗人从读者能体察到的"衣裳"一词入诗，通过这类词语进行延伸，很容易引起他人共鸣。光这一点就足见她生活阅历的丰富和情感的细腻。

题画诗最后两句既说明了淡黄梅花纤细娇弱的特点，还营造出一种"雪带花落"的凄美。这种哀而不伤的诗境，大有"生如夏花之绚烂，死若秋叶之静美"的美学境界。

郑思肖　宁可枝头抱香死，何曾吹落北风中

寒　菊

[宋]郑思肖

花开不并百花丛，独立疏篱趣未穷。

宁可枝头抱香死，何曾吹落北风中。

寒菊不与百花同，香透北风最为雄

郑思肖，字忆翁，原名不详，连江（今属福建）人，南宋亡国后改名思肖，因为肖是宋朝国姓赵（繁体字趙）的组成部分，以此表示不忘故国。

郑思肖身处宋朝末期，正赶上元兵南下。诗人忧国忧民，上疏直谏，可无奈自己所上书的抗敌之策均未被朝廷采纳。所以他痛心疾首，孤身隐居苏州，终身未娶。宋亡后，他改字忆翁，号所南，以示不忘故国。他还将自己的居室题为"本穴世界"——这其实是巧妙地利用了拆字组合的手法，将"本"字

之"十"置于"穴"中，隐喻"大宋"二字。他通书画，尤善墨兰，宋亡后他画兰再也不画土，人问其故，答曰："地为人夺去，汝犹不知耶？"

展开画卷，纸上画的是数株寒菊。深秋已至，北风呼啸，远处烟柳衰败，一片肃杀景象。可那寒菊却不同于百花，凌寒独自盛开。那世间的花朵都是在春暖之际扎堆开放，争奇斗艳，所以才有了这春风十里的花团锦簇和那暖风和煦的繁花似锦。百花都会找寻时机抱团开放，可菊花在众花盛放时却不与之为伍，偏偏要在这寒冷的时候开放。

菊花能忍受得住寒冷和寂寞，因为它深知自己的志趣在东篱之下。纵然是篱笆稀疏，孤独自处，菊花的这份志趣也丝毫没有减少，宁可怀抱着自身的清香之魂，在这花枝上枯萎而死，也绝对不会输给强劲而寒冷的北风，最终化作平凡的泥土尘埃！

题画诗中有情怀，托物言志意澎湃

郑思肖在这首题画诗中表现的就是菊花的孤傲、清高，坚持理想和信仰的高尚情操。他通过托物言志，大赞菊花那不俗、不艳、不媚、不屈的难能可贵的品格，表达了诗人自己如菊的情怀，抒发了诗人的人生遭际和理想追求，是一首有着深刻内涵的题画诗佳作。

诗的前两句"花开不并百花丛，独立疏篱趣未穷"是吟咏菊花、直抒胸臆之句，表达的是菊花不与百花同时开放，亦不随俗、不媚时的崇高气节。这种"不与众花同"的独特气质，不是隐士，不是高士，更不是义士，它是一种家国情怀，是一种割不掉、剪不断的爱国情愫。

最后两句"宁可枝头抱香死，何曾吹落北风中"，进一步写菊花的高洁品质：宁愿枯死枝头，也决不会被北风吹落。既描绘了凌霜傲骨、孤傲绝俗的菊花，也表示自己愿意为了坚守高尚节操，宁死不向元朝投降的决心。

这声声咏叹，是郑思肖不屈不移、忠于故国的誓言，更成为后世文人为了国家大义与民族气节而抗争到底的典范。

赵孟頫　飞来双蛱蝶，相对意悠然

题萱草蛱蝶图

[元]赵孟頫

丛竹无端绿，幽花特地妍。

飞来双蛱蝶，相对意悠然。

玉貌衰败难再好，弱水三千饮一瓢

赵孟頫有一位才华横溢的夫人，她就是元代著名的才女——管道升。管道升，字仲姬，一字瑶姬，浙江德清茅山（今干山镇茅山村）人。她是历史上著名的女性书法家、画家、诗词创作家，自幼研习书画，笃信佛法，嫁与赵孟頫为妻后，封吴兴郡夫人、魏国夫人，世称管夫人。

才子赵孟頫虽为贵胄，却也是宋代遗民，生不逢时。宋亡之后，英俊潇洒、才华横溢的赵孟頫在元世祖忽必烈"搜访遗逸于江南"的过程中受到赏识，之后就平步青云，仕途顺畅。

他与管道升趣味相投，都是旷世才人，各有千秋，珠联璧合，为后人留下了许多广为传颂的佳话。

花无百日红，赵孟頫作为一位大才子，在感情上也不免落入到朝三暮四、喜新厌旧的俗套中，这种无形的压力渐渐逼近了一切以夫为尊的管道升心中。一日，管道升收到一张墨色正鲜的字笺，展信细看，丈夫赵孟頫那漂亮的书法映入眼中："我学士，尔夫人。岂不闻王学士有桃叶、桃根，苏学士有朝云、暮云。我便多娶几个吴姬、越女，也无过分，你年纪已过四旬，只管占住玉堂春。"丈夫的纳妾之心已是昭然若揭，管道升心中犹如刀割。想到昔日里与夫君相携游艺的美好时光，管道升心中不免酸楚。

她只是一介女流，纵有倾世才华又能怎样，朱颜凋敝之时，照样难留夫君之心。想到这里，她铺纸研墨，回信写道："你侬我侬，忒煞情多，情多处、热似火。把一块泥，捏一个你，塑一个我，将咱两个，一齐打破，用水调和；再捏一个你，再塑一个我。我泥中有你，你泥中有我；与你生同一个衾，死同一个椁！"书罢搁笔，管道升已是泪流满面。

赵孟頫也是性情中人，当他看到妻子的泣血之言后，心中懊悔不已，感慨万千。自己的妻子虽说花容月貌不再，但确是真心与己相伴一生之人，这份心意相通、相知相守的感情才是弥足珍贵的。赵孟頫当下就给夫人管道升赔了罪，以后再也不提纳妾之事。

妻子辞世后，赵孟頫为她亲笔撰写了《魏国夫人管氏墓志》，其中充满了对妻子的深切怀念和沉痛悼挽。至治二年（公元1322年）六月十六，赵孟頫病逝，享年六十九岁。同年九月十日，与管道升合葬于湖州德清县东衡山南麓。一个是情真意切，一个是浪子回头，两人相知相伴相守一生，成为千古美谈。

丛竹幽花能忘忧，蝶舞双飞意悠然

画卷徐徐展开，映入眼帘的是一幅《萱草蛱蝶图》。画中的几丛竹子翠绿欲滴，枝干硬朗，节节挺拔，正是君子所倾慕的品格。丛竹之下透出了柔美的线条，几株萱草茂盛地生长着，垂垂细叶，蕙质如兰。那花开得格外娇艳，像一个害羞的少女颔首而立。

不知从哪里飞出两只蛱蝶，在这馨香中纷飞。难道是因为蝴蝶身上彼此都拥有艳丽的色彩才互相吸引？能嗅到如此幽香，飞到如此雅致的地方，应该也是志趣相投吧。你看它们一上一下，多么惬意悠然。看画的人也不免受其感染，眼睛停留在丰富的色彩之上，鼻中好像也能嗅到那种淡然恬静的幽香。

以情写文意方得，向画题诗品自高

赵孟頫与其夫人管道升的故事让我们重新认识了这位"人

中神仙"般的大才子。他并不是皇帝口中所谓的神仙，他也食人间烟火，亦有七情六欲。可就是因为他活得真情洒脱，诗歌才如此感人肺腑。也只有像他一般心中有真情真意的诗人，才能将诗文的品格凸显出来。赵孟頫在这首以"草虫"为题材的题画诗中，用自然流畅的语言、新颖别致的结构与和谐铿锵的韵律，将内心那种宁静淡然之美流出笔端，让人读后心旷神怡。

"丛竹无端绿"和"幽花特地妍"两句，以竹叶无端的"绿"和幽花特地的"妍"赋予了其人格化的特殊动机，来暗指君子的高贵气节发自内心。"幽花"即忘忧草，相传这种草能令人忘掉忧愁，诗人在这里将此草比喻为品貌俱佳、能解忧思的淑女，一下子就将读者带入到自己所建构的物我合一的世界中。

最后两句"飞来双蛱蝶，相对意悠然"，顺承而下，感情浑然。"蛱蝶"是一种翅膀阔大、颜色赤黄美丽的蝴蝶，它们成双成对地出现在画卷上，灵动翩然。诗人将自己看画所得之悠然心情，移情于物。他没有单纯地重复画面内容，而是以情写物，借物抒情。"意悠然"淋漓尽致地写出了蝴蝶款款飞舞、悠然相戏的无限乐趣，体现了诗人将人情画意融于一体的高超艺术能力。

管道升　雪后琼枝嫩，霜中玉蕊寒

题梅花

[元]管道升

雪后琼枝嫩，霜中玉蕊寒。

前村留不得，移入画中看。

玉蕊枝头耐雪寒，不得梅花画中寻

作为一个自幼便在"女子无才便是德"的封建礼教下成长的妇女，管道升却还能如此博学多才，实属不易。她琴棋书画样样精通，以"笔意清绝，颇有韵味"而名噪一时。相传太后听说管道升擅长绘画，诗词双绝，便在兴圣宫召见她，让她画了一幅梅花图。只见她挽起衣袖，纤纤玉指执笔，转腕勾描，笔尖轻盈，一气呵成。众人观画，连连叫绝。墨迹还未干，画上的花好像还在开放，好一幅梅花傲雪图。之后她又在画上题下此诗，用浅显的字眼描述出梅花的脱俗和雅致。画中有诗，诗中有画，诗画交融，堪称精品。

雪后初霁，天地间一片白茫茫。那几株寒梅被白雪覆盖了枝干，仿佛美玉一般晶莹，光照之下花枝更显娇嫩。梅花映雪开放，花瓣上还带着一层薄薄的冰霜，就是这样也掩盖不了那嫩嫩的花蕊吐露芬芳。越是严寒困苦的环境下，梅花的美丽才更加难得。

世间好花都是不常开的，也不会常在。可就算梅花色香俱损，花朵凋落，它敢于凌寒独自盛开的精神也会流芳千古。所以生长在前村雪地里的几株梅树啊，即使你不能一直开放，我也会用我的丹青妙笔，将你最美的时刻记录下来，绘入画中。如此这般，凡是可以看到这幅画的人，都会被你的气质倾倒，这样就能使你清奇的品格流传下来。

才女诗中能见画，景中融情最动人

这首题画诗最大的特点就是文采素雅，富有感情。前两句写景，诗人用"雪""霜"二词来突出自然环境的寒冷恶劣，借用"琼""玉"的质感和温度来渲染早春霜凉雪白、气温尚低的特点。诗人先写梅花的"枝""蕊"而不写花朵本身，是为了以小见大，见微知著，让读者有一种视觉上的层次感。而"嫩"与"寒"反差鲜明，让人对梅花心生怜爱。这么细腻的情感注入，也只有女性诗人能做到吧。

最后的"前村留不得，移入画中看"两句，感情朴实而真挚。诗人通过梅花一事有所感悟，心中那种"人无千日好，花无百日红"的哲学思考油然而生。失落和遗憾的同时，紧接着道出自己为梅花作画的意义。诗人认为画中梅花自强不息、敢于同悲剧的命运抗争的精神值得每一个人去学习、去传承。

梅花即管道升，管道升即梅花。生活中的管道升婚后在家相夫教子，传承书香画艺，栽培子孙后代，尽心竭力地让"赵氏一门"流芳百世。赵家三代人，一共出了七个大画家，赵雍、赵麟、赵彦正声名鹊起，就连外孙王蒙也耳濡目染，在画坛有所建树。婚姻里的管道升，既要处理好家庭的日常琐事，又要极力维护与丈夫的感情，其实很是耗费心力。《我侬词》这桩美谈也充分证明，才女生活中也会遭遇诸多坎坷。但就是这样身处复杂环境中的她，依旧能凭借自身才华，书写出属于自己的一段传奇。

黄公望　远望云山隔秋水，近看古木俑陂陀

题倪瓒六君子图

[元]黄公望

远望云山隔秋水，近看古木俑陂陀。

居然相对六君子，正直特立无偏颇。

黄公草籀气雄秀，望断山水尽浅绛

元代画家黄公望，字子久，号一峰，江浙行省常熟县人。他早年曾任都察院掾吏，后因沉迷道术而皈依于全真教，别号大痴道人。

黄公望平生擅书能诗，尤善山水画，与吴镇、倪瓒、王蒙合称为"元四家"。其画作略施淡赭，在画风上形成了雄奇秀美、简逸明快的"浅绛山水"风格。黄公望的身世颇为传奇。他年少时屡试不第，到了四十五岁才当了个小书吏，后来又因遭受诬陷进过监狱，这一关就是五年。经历了人生的大起大落后，他早已

看破红尘，出狱后便出家当了道士。虽然他长期云游漂泊，浪迹山川，但正是这些经历为他的书画人生开辟了崭新的道路。

提到书画就不得不说他那幅传奇杰作——《富春山居图》，此画被誉为"画中之兰亭"，是我国国宝级文物。这幅画现在被分为两卷保存，前半卷《剩山图》现藏于浙江省博物馆，后半卷《无用师卷》现藏于台北"故宫博物院"，前后两段在2011年6月曾于台北"故宫"首度合璧展出，引发了绘画界不小的轰动。

要说这传世佳作本是一个整体，为什么会变成前后两部分呢？这里还有一个"焚画殉葬"的故事。相传黄公望画完《富春山居图》后十分满意，在证明了自己的绘画能力后，就大方地把画送给了师弟。此画几经辗转，百年之后到了明代收藏家吴洪裕手上。他将其视为至宝，临死前留有遗言，要求家人将此画焚毁，要不他死不瞑目。家人无奈只能照办，将画投入火盆，这时吴洪裕的侄子吴静庵恰巧赶来，一把将画从火盆救出，可惜为时已晚，画已经被烧为两段，这就是后来的《剩山图》和《无用师卷》。吴洪裕太爱这幅画了，以至于临死还要自私地将其带走，这也从侧面说明此画的精美绝伦、巧夺天工。

矗立远望山隔水，君子相交无偏倚

这首《题倪瓒六君子图》是黄公望为同是"元四家"之一

的倪瓒所画的《六君子图》题的诗（"六君子"指的是文人山水画中颇具有象征意义的松树、柏树、樟树、楠树、槐树和榆树）。黄公望与倪瓒因画相交，感情颇深。虽然两人相差32岁，但倪瓒十分尊敬地称其为师。这幅作品画的是坡上生长着的六棵苍劲挺拔的大树，它们与远处那宽阔平静的湖面形成对比，再加上江连碧空，气象萧索，无不展现出画家柔中寓刚的高超技艺。

这幅画的画面整体一片空灵，是典型的倪瓒"三段式"画风。那远远的青山被烟云笼罩，似漂浮在半空中一般，意境清远萧疏。山势连绵将这一江秋水隔成了两段，水面平静，没有波澜。近处有一处不平整的土丘，那里生长着六棵古木，各具姿态，各有情状。古木树干的纹理凹凸不平，十分具有立体感。画中的松、柏、樟、楠、槐、榆这六种树有序排列，它们位置端正，挺直而立，丝毫没有偏颇，就好像六个风度翩翩的君子一样，沐浴在秋风中，相互问道。

这首题画诗既简单描述了画家的构图，又细致地刻画了画中的突出形象，可谓大处着眼，小处留心。诗人在歌咏画作的同时又寄托了自己倾慕君子的情怀，达到了情景交融的高度。

"远望云山隔秋水，近看古木俑陂陀。"这一"远"一"近"的视角变化，给读者一种代入感，仿佛和诗人一样置身画中，感同身受地体会画境中方位的变化。"望"和"看"这对视角上的变化更增加了画面的层次感，使描写更显真实。这景致描写大到"云山隔秋水"，小到"古木俑陂陀"，比喻形象，体现了诗人高超的语言控制能力和对绘画的深刻理解。后两句"居然相对六君子，正直特立无偏颇"是从树的角度阐发，借物寓志咏怀，表达诗人对君子之树正直特立品格的崇尚与倾慕。

王冕　吾家洗砚池头树，朵朵花开淡墨痕

墨　梅

[元] 王冕

吾家洗砚池头树，朵朵花开淡墨痕。

不要人夸好颜色，只留清气满乾坤。

王侯将相岂贵子，冕被自有世人心

　　在我国的历史长河之中，历朝历代都不断地涌现出同情人民苦难、谴责豪门权贵、轻视功名利禄和描写田园生活的作家与作品，如晋代的陶潜和唐代的杜甫、李绅等。而在我国的元朝也曾出现过一位像杜甫一样同情民间疾苦的诗人，他就是王冕。

　　元朝画家王冕，字元章，号煮石山农，浙江诸暨枫桥人。他自幼好学，可无奈出身贫寒，以替人放牛为生，后励志为学，自学成才。他性格孤傲，鄙视权贵，一生最爱的就是梅花，不

光画梅，还种梅、咏梅。他笔下的梅花苍劲有力、花密枝繁，对后世影响较大。现存画作有《南枝春早图》《墨梅图》《三君子图》等，诗作有《竹斋集》。

墨梅开放留香气，晦雨归来有清风

王冕幼时家贫，七八岁时，父亲叫他在田埂上放牛，他却经常偷偷地跑进学堂听学生念书。听完以后，总是默默地记住，为了求学，他还曾寄住在寺庙里。每当黑夜来临，他就坐在佛像的膝盖上，就着佛像前长明灯的灯光诵读，直到天亮。凭借着对读书的痴迷，王冕最后自学成才。

作为宋代遗民，他不满元代统治，其诗里充满了反抗精神，揭露了当时的民族矛盾和阶级矛盾，表现了对祖国命运和对劳动人民的深切关怀。这首题画诗就充分寄托了诗人的崇高理想和精神追求。

王家有一汪清洗砚台的池子，那里面的水是用来清洗习字时的毛笔、砚台之物的，因而得名洗砚池。日久年深，使用得多了，水渐渐变成了上清下浊的颜色。边上有一棵梅花树，一直以来都从池中汲取水分和养料，生长得茂盛极了。花开满树时，那朵朵梅花花开五瓣，与普通梅花并无差别，可若上前细看就会发现，那花的颜色竟都是淡黑色的！它浸染着墨色，散发着醉人的馨香，堪称奇景。

梅红似火，梅粉似霞，这墨色的梅花少了红粉之色，从外表上看并不吸引人，甚至让人感觉有些奇怪。但这颜色稍逊一筹的墨梅，真的只是希望人们关注它的外在吗？我想它之所以要与凡花颜色不同，就是为了要人们忘记它的外表。它不要以色博人眼球，不与凡花争艳，傲立风雪，不卑不亢，在这天地之间留下一阵清香之气，沁入人心。这样获得的夸奖才更加真实，这也正是墨梅的普世价值。

有人说，这墨梅只存在于王冕的画中，在人世间并未真正存在过。那为什么这缕清气能从古传到今，长贯天地，经久不衰？

梅花是花中君子，更是中华民族气节的象征。它骨格清奇，凌寒傲雪，暗香浮动，具备像中国人一样自强不息的精神品质和追求高洁傲岸的操守志趣。中国人无论面对多大的困难，身处何种困境，只要心中具有这股芬芳，即使再大的雨也冲不淡心中自由的风。

墨痕点点存心底，歌声阵阵传天涯

屡试不第的王冕遍游北方，亲眼看到了那些耀武扬威的统治者，看到了官府的腐败无能，看到了百姓四散逃荒的悲惨现状。他知道功名已成镜中花、水中月，于是便隐居于九里山的水南村，过着白天种田，晚上作画，"淡泊以明志"的恬淡生活。

王冕的余生，就是在这么一个充满着诗情画意的山村中度过的。朴实的乡村生活与清秀的山水孕育了他热爱生活、热爱劳动人民的性格。同时，他的诗里也充满了不屈的反抗精神，深刻揭露了当时的民族矛盾和阶级矛盾，表现了对于祖国命运和对劳动人民苦难生活的深切关怀。

诗的首句"吾家洗砚池头树"暗用典故。昔时书圣王羲之用池水涤笔练字，日久年深，整池水皆成墨色。这句说的是读书人求取学问，当自立自强。次句"朵朵花开淡墨痕"说的是在求学的过程中要不断积累，在获得知识的同时也要学习仁人志士的精神品格。

"不要人夸好颜色"说明了诗人并不是想借助所学知识去谋取功名，也不是为了获得别人口中的称赞和美好的名声。因为他知道有些满口仁义道德，却在背地里做尽伤天害理之事的人，只不过是"金玉其外，败絮其中"罢了。尾句"只留清气满乾坤"直抒胸臆。诗人认为人活一世，要有气节、重品行。这些内在的优秀品质就像"清气"一般，缓缓上升，充斥在天地之间。想要后人点赞，青史留名，就要自身过硬，毕竟公道自在人心。在这首诗中，一"淡"一"满"尽显个性。墨梅的丰姿与诗人傲岸的形象巧妙融合，跃然纸上，令人觉得翰墨之香与梅花的清香仿佛扑面而来。

光阴流转，时至今日，在中央电视台的《经典咏流传》节目中，歌手谭维维就倾情演唱了《墨梅》：

"不与凡花争奇艳，傲霜斗雪笑风寒，心怀高远更淡然。昂首天地间，墨色轻染气节弘，隐约更香浓，屹立青岸不与谁同，傲然尘世中……日月浩荡中华魂，万古长青更精神。不要人夸好颜色，只留清气满乾坤。"

谭维维用高亢辽阔的音域表达了自己对中华民族精神的理解，通过歌词重新对这首题画诗进行了诠释和解读。她的歌声充满了画面感，歌词让画面更加立体，歌曲要表达的精神又让三者和谐统一。王冕在这首题画诗中，又何尝不是达到了画格、诗格和人格的高度统一。

唐寅　头上红冠不用裁，满身雪白走将来

画　鸡

[明]唐寅

头上红冠不用裁，满身雪白走将来。

平生不敢轻言语，一叫千门万户开。

唐生倾慕桃花骨，寅士挥毫画境高

　　明代书画家唐寅，字伯虎，后改字子畏，号六如居士、桃花庵主等，苏州吴县人。他在绘画上与沈周、文徵明、仇英并称"吴门四家"，又称"明四家"；诗文上与祝允明、文徵明、徐祯卿并称"吴中四才子"。

　　现在的人只要提起唐伯虎，自然而然就会想起秋香，还有他家中各种各样的美人，都认为他是一介风流才子，除了诗画就是醉卧美人膝。但实际上，历史上真实的唐寅一生命运坎坷，仕途不顺，郁郁不得志。再后来，他的亲人也纷纷离世，生活

很是贫困凄怆。在其诗文书画中，我们能看到他对自己悲情的一生有诸多的无奈。

心有壮志如雄鸡，自唱高歌天下白

他曾写了一首《七十词》来自嘲："人生七十古稀，我年七十为奇，前十年幼小，后十年衰老；中间只有五十年，一半又在夜里过。"然而，唐伯虎并没有撑到七十岁，他在五十四岁的时候就因病去世，埋葬在桃花庵附近。可怜一代才子，家中一贫如洗，连自己的身后事都是好友祝允明慷慨操持的。唐寅虽命途多舛，但他却常怀赤子之心，这在其诗文中也常有流露，从《画鸡》这首题画诗就能看出来。

看那只独立于画中的雄鸡，器宇轩昂，神采奕奕。那鸡头上如火一般的热烈的颜色，好像戴上了冠冕，又好似开出了一朵鲜红如血的花。是谁在它头上栽种了这么美丽的花朵呢？看那高贵的气质，一定是天生丽质吧。雄鸡浑身上下洁白的羽毛闪着无瑕的光亮，晶莹如雪一般，神气活现。它迈开步子，竟向画外急步跑来，身后留下了一串竹叶。这只雄鸡胸中有一股冲击天地的力量，平生都不敢轻易发出清脆的啼叫。如果它发出那一声清音，恐怕要响彻云霄、声振寰宇了。到那个时候，千家万户都会开门迎接全新的一天，去创造属于他们每一个人的美好世界。

红白相间画雄鸡，身具五德堪称奇

鸡如君子，身具五德。古人特别重视鸡，将大年初一定为"鸡日"，民间更将鸡视为吉祥物，说它可以避邪，还可以吃掉各种毒虫，为人类除害。《韩诗外传》说，它头上有冠，是文德；足后有距能斗，是武德；敌前敢拼，是勇德；有食物招呼同类，是仁德；守夜不失时，天明报晓，是信德。文、武、勇、仁、信五种德行具备，因此，古代文人称它为"五德之禽"。对于一个人来说，具备五德大概可称为足赤之金的完人了。

唐寅以此物作画题诗，其实是在自比雄鸡，托物言志。

首句"头上红冠不用裁"直接抓住了雄鸡的鸡冠外部特征，突出一点进行描写，达到了先声夺人的艺术效果。"裁"字暗喻鸡冠红如花朵盛放，生动形象。次句"满身雪白走将来"使用比喻将羽翼比作白雪，这样的描写充满了轻盈光洁的质感，通体洁白的雄鸡的羽毛也跃然纸上。古代的"走"实为跑，通过拟人，将这鸡刻画得栩栩如生，动感十足。

最后两句"平生不敢轻言语，一叫千门万户开"一气呵成，诗人表面上是在写雄鸡司时的作用，其实是在暗指自己也如雄鸡一般身具品德，富有才华，只待有朝一日能有机会大展宏图。

唐寅相信，自己终有一日也会扬名天下，实现自己的理想抱负，创造一番属于自己的丰功伟绩。他这种英雄造时势的巨大气魄大大拓宽了诗画的境界，让人拍案称绝。

文徵明　碧树鸣风涧草香，绿阴满地话偏长

题绿阴清话图

[明]文徵明

碧树鸣风涧草香，绿阴满地话偏长。

长安车马尘吹面，谁识空山五月凉。

风鸣碧树带草香，山间消夏清话长

明代书画家文徵明，原名壁（或作璧），字徵明，长州（今江苏苏州）人。他诗、文、书、画无一不精，人称是"四绝"的全才，堪称大家。

文徵明一生风流倜傥，为人谦和而正直，对待志同道合的朋友真心不二，对待结发妻子也矢志不渝。即使是屡试不第，也越挫越勇。他傲然独得，不肯侍奉权贵，也不肯向权贵低头，即使是王公大臣的请召，他也能托病不往。当时政局十分黑暗，他急流勇退，毫不贪恋得来不易的官职，上任不久便辞官归乡。

展开画卷，原来是一幅《绿阴清话图》。垂直的山浑然一体，山石料峭，好像要破卷而出。巨大的岩石形态各异，紧凑地重叠在一起，充满了层次感。山涧有瀑布飞流而下，激荡着，流向山脚。山上到处都长着松树，守着彼此的位置相互遥望。那碧玉一般的颜色点缀了山里的整个夏天，山风吹过时，绿叶还夹带着山涧瀑布的水汽和涧边兰草的清香。山巅高处倾斜着的树干，被风一吹，好像在向人们招手，劝来此避暑的文人雅士留下来。

山麓低处有直挺的松树，那翠绿而厚重的树冠华如伞盖。树下有一片空地，芳草萋萋，绿油油的，像平铺了一张毛茸茸的毡子。两位雅士面对面坐着，他们都身着宽衣大袖，风度翩翩，潇洒无比。他们好像在谈论着什么，有时昂首远眺，有时振臂高呼。可能是这片阴凉太难得了，二人才话题不断，高谈阔论，久久不歇。

在长安这样的地方久居惯了，你就能时常感受到往来的车马卷带起的漫天尘土，直往脸上扑，渐渐地你就会反感这喧闹街市上的车水马龙。可这世间的熙熙攘攘都是为了名利来往，又有谁能真正体会到五月时空旷的山谷中吹来的阵阵凉风呢？声响色味俱入诗，贤士归情隐画中。

耿直清高的文徵明屡试不第，却也不曾放弃，但为何后来任官仅三年就多次上疏请辞归田呢？是政治黑暗让他心冷，还是好友唐寅的遭遇让他心寒？这些我们都不得而知。我们知道的是，他辞官后恣情山水十余年，给我们留下了诸多美的作品。这首题画诗，就是最好的实例。

首句"碧树鸣风涧草香"展现了无限生机。"碧"如玉石，这是视觉上的颜色描写；"鸣"是风声，这是听觉上的表达；芳草传"香"，这是嗅觉上的体验。诗人充分调动了自己的感官，从侧面写出了夏日山谷风力微弱、清新芬芳的特点。

第二句"绿阴满地话偏长"直接承接上句。有树必有荫，有了树荫才会有乘凉的人，于是就有了树下的高谈阔论，流连忘返。

最后两句"长安车马尘吹面，谁识空山五月凉"，与前面所描写的山间微风拂面带草香形成了鲜明的对比。诗人在诗句中含蓄地表达了想要远离城市喧嚣、洗净风尘的愿望。可能对于作诗作画的人来说，只有心中怀有空山，才会知道身居其间的凉爽。

徐渭　笔底明珠无处卖，闲抛闲掷野藤中

题《墨葡萄图》

[明]徐渭

半生落魄已成翁，独立书斋啸晚风。

笔底明珠无处卖，闲抛闲掷野藤中。

徐归缓行终不晚，渭水东流赴海声

徐渭，明代书画家，字文长，号青藤老人，绍兴府山阴（今浙江绍兴）人。他多才多艺，在诗文、戏剧、书画等各方面都独树一帜，与解缙、杨慎并称"明代三才子"。

作为中国"泼墨大写意画派"的创始人和"青藤画派"之鼻祖，他的画在吸取前人精华的基础上脱胎换骨，不求形似但求神似，开创了一代画风，对后世画坛产生了极大的影响。

落魄书生啸晚风，明珠遗落野藤中。徐渭生性狂放、不拘小节，如果有人想向他求画，最好赶在他囊中羞涩的时候，这

个时候只要给钱，不一会儿就能得到画作。但若是他不缺钱财，即使是黄金万两也难得一画，王公权贵也不例外。他一生命途多舛，坎坷不断，到了晚年更是悲苦凄凉，所以他将自己的满腔悲愤倾注于笔端，创造出一幅又一幅水墨名画。这首题画诗真可谓道出了徐渭的寂寞。

打开画卷，看着这幅《墨葡萄图》，再环顾家中，唯有四壁。可怜年少空有神童之名，如今竟然沦落到卖画为生的境地。可叹满身的本领和才华却屡试不第，现如今更无人真心待我。可恨这世道忠奸难辨，黑白不分。如今已年过半百，仍然有时饥肠辘辘，食不果腹，落魄得像个乞丐老翁。夜晚的凉风从窗子吹入，我站在书斋大声呼号，可是四下却无人来应。

看看我画好的水墨葡萄，粒粒可数，颗颗晶莹。这葡萄长在藤上，藤蔓蒙络。叶子虽是水墨画就，但也闪着水灵灵的光，明暗间层次分明。葡萄本是多子多孙的象征，世人都喜欢这吉祥的寓意。可在这样的世道下，如明珠一般的葡萄图我到哪里去卖呢？可能白白送给人家也会被随意抛掷，变得无人问津吧。

书中写意画中书，画中有情人如画

清人张岱曾评价徐渭的画说："今见青藤诸画，离奇超脱，苍劲中姿媚跃出，与其书法奇绝略同。昔人谓摩诘之诗，诗中有画，摩诘之画，画中有诗。余谓青藤之书，书中有画，青藤之画，画中有书。"张岱的意思是，徐渭在绘画中常常将自己的书法技巧和笔法融于画中，使人觉得他的泼墨写意画简直就是一幅恣肆淋漓的苍劲书法。就像他的《墨葡萄图》，墨的浓淡显示了叶的质感，题诗的字体结构与行距也并不规则，如葡萄藤蔓一样在空中自由延伸，书与画融为一体。

另外，徐渭喜好独创一格，具有强烈的个性。他十分注重个人情感的表达，书画风格豪迈而飘逸，他的题画诗就常常会流露出这样一种独树一帜的风格。

此诗首句"半生落魄已成翁"用哀怨的语气写出了诗人半生落魄的悲惨遭遇，为全诗奠定了感情基调。次句"独立书斋啸晚风"进一步阐发了自己对生活的满满无奈。"独"指诗人孑然一身、孤独寂寞的心境。"啸"字从情绪的表达来看指的是诗人这种压抑心情的爆发，就算是歇斯底里的呼号，回应自己的也只有清凉的晚风。

第三句"笔底明珠无处卖"表现了诗人穷困潦倒的无奈。在作者看来，自己的画和自己是一样的境遇，无人问津。最后一句"闲抛闲掷野藤中"则写出了诗人悲观的心境。自己的结局也和画一样，被人任意处置，弃如草芥，埋没在尘土之中。

全诗对葡萄着墨并不多，主要是在自身情绪的表达上。这种自我意识的觉醒让这首题画诗如泣如诉，真挚的情感直达人心，扣人心弦。

袁宏道对徐渭的诗有这样一段精彩的评述："长既不得志于有司，遂乃放浪曲蘖，恣情山水……其所见山奔海立。如寡妇之夜泣，羁人之寒起。当其放意，平畴千里。偶尔幽峭，鬼语秋愤。"

他的这种艺术倾向为之后主张抒发性灵的公安派所继承，对晚明诗风的改变具有重要意义。

郑板桥 四十年来画竹枝，日间挥写夜间思

题画竹

[清] 郑燮

两枝修竹出重霄，几叶新篁倒挂梢。

本是同根复同气，有何卑下有何高！

四十年来画竹枝，日间挥写夜间思。

冗繁削尽留清瘦，画到生时是熟时。

郑氏善书六分半，板桥坡前三根竹

郑板桥，原名郑燮，字克柔，号理庵，又号板桥，人称板桥先生。他是清代著名书画家和文学家，其诗、书、画被世人称为"三绝"，是"扬州八怪"之一。他一生只画兰、竹、石，自称"四时不谢之兰，百节长青之竹，万古不败之石，千秋不变之人"，是清代比较有代表性的文人画家。代表作品有《修竹新篁图》《清光留照图》《兰竹芳馨图》等，著有《郑板桥集》。

郑板桥一生颠沛坎坷，年幼时生母汪夫人就去世了，稍微大点的时候随父亲郑立庵到真州毛家桥读书。据说八九岁时，他已能在父亲的指导下作文、联对。

少年时继母郑夫人也过世了，自此由乳母费氏悉心照料。他自年少时就跟从乡贤前辈陆种园先生学填词，青年时便考取了秀才，后来又辗转赴北京参加礼部会试，中贡士，于太和殿前丹墀参加殿试，赐进士出身。

他本想在仕途上有进一步的作为，于是滞留在北京一段时间后，发现这样没有任何结果。只能南归扬州，做县令一类的小官。

郑板桥虽命运坎坷，但他却用一种独特的处世哲学和坚决不向恶势力低头的人生态度，如石、如兰、如竹一般活着。每当现代人看见他的画作，都不禁感叹：虽历经百年洗礼，但那画中的磐石依然坚强，清竹依旧劲挺，兰花还是那样淡雅高洁。他独创的"六分半"书，整斜有致，大小均衡，与画中景物甚是相称，立体感十足。正如他的人格一样，怪中守规矩，为官情不移。

清瘦梅花有傲骨，高下不曾有尊卑

画上题诗，宋元即始，并非郑板桥始创，但题诗能如郑板桥之妙，实不多见。他一生为官清廉勤勉，情系百姓，心念百姓疾苦，与民同忧。所以他在61岁时还为民请命，因忤逆上官被革去官职。百姓闻声纷纷遮道挽留，家家画像以祀，并自发于潍城海岛寺为其建立了生祠。展开画卷，一幅清丽脱俗的《墨竹图》让人眼前一亮。看那两枝修长的翠竹，正顽强地从石头缝里向上生长着，清瘦得好像从九重天上、云霄之外下凡的神仙一样。那一片片新生的竹叶像簇新的枪头一般闪着亮光，倒挂在竹子枝头自然垂下，微风一过随风摆动。竹叶有长在高处的，也有长在低处的，茂密无比，层层叠叠，都从竹根汲取着养分，肆意生长。所有枝叶统一于竹子这个整体，这才有了竹子那出众的气质。

郑板桥倾尽四十年的心血去认真研究如何画竹子。他白天笔耕不辍，挥毫描写，到了晚上就精心思考其中蕴含的高深理论，决定一改描绘传统竹子时用笔的冗杂繁琐，保留竹子清丽修长的精瘦之状。

其实创作总有一个从"陌生"到"熟识"的过程，往往是每次进行新的创作时都对所描绘之物感到陌生，这样才是真正投入到创作的思考中了，才算达到了领悟画道的最好境界。

倾情画竹四十载，悟道生处自是熟

郑板桥这首题画诗的首联是对自己笔下所绘墨竹的直接描

写。诗人通过"两""几"这些数量词,写出画中竹子虽然只是寥寥几笔的勾画,但贵精不贵多。"修竹"清瘦如"出重霄",这种夸张的表达手法,将竹子非凡的气质表露无遗。"本是同根复同气,有何卑下有何高"一联则反映了作者追求艺术平等的愿望,这其中蕴含了众生平等的哲学思考。

"四十年来画竹枝,日间挥写夜间思"中,"四十年来"充分说明了郑板桥画竹是付出了一生的心血的,画竹成了他展示生命的一种方式。任何一项技术或艺术都值得人去追求一生,也只有把一项技术或艺术作为一生的追求,才可能达到精纯的状态,这项技术或艺术也才能成为自己生命的一部分。

"画竹枝"似乎不是一项高深的技艺,但郑板桥却用一生的时间倾注于它,因此他对画竹有自己独特的体验,也才能画出独具一格的竹子。由此可见,技艺的精进,不仅在于生命的投入,还在于生命投入的方式。实践和思考就是生命投入的方式,"日间挥写夜间思"就是郑板桥画竹的生命投入方式。有了日间的挥写,再加上夜间的沉思,他才感悟到了画竹的真谛,才画出了竹枝的神韵。

如果颈联说的是画竹子所需的量的积累,那么尾联就是郑板桥全身心投入画竹所达到的质的飞跃。能将量变转化为质变,离不开他用心的思考。竹子由冗繁到清瘦,这一变化过程其实也是郑板桥对画竹逐渐领悟的过程。

可以想象，郑板桥在刚开始画竹的时候也是力求表现竹子的枝叶，正所谓"一枝一叶总关情"。但这样的表现只能是对自然忠实的复制和描摹，境界最高也只能是逼真而已。要想表现竹子的真正内在精神，还要靠画者对竹子意义的独特理解和体悟，这样才能达到感人的精神境界。

"清瘦"可以说是郑板桥对竹子意义特有的发现，这种发现最终表现成了一种艺术风格。这种风格既有属于竹子的天然素质，又有作者的情思。也许清瘦的竹子并不是对自然界中竹子的真实描摹，但这恰恰说明了这是一种对竹子的创新性认识。艺术就是要通过对当前自我进行否定然后重新认识，才能由生到熟。只有这样技艺才能不断上升，技巧才能日臻完美。绘画如此，诗歌亦然。

第二辑

水墨交融——山水画

　　书画界一直有"山随画活，云为诗留"的说法。一幅绝妙的山水画，最高境界就是能达到"诗中有画，画中有诗"的独特美感体验。诗情和画意交相呼应，这既能让诗人抒发个人情感，达到借景抒情的目的，又能让画家表现情怀，再现自然奇观神韵。

　　壮观如青山连绵，云雾缭绕，悬崖飞瀑，大江奔流；秀美如幽谷空寂，溪水潺潺，雨打桃花，风过竹林。在这广阔的山水间，春季里树叶繁茂，草木萌发；夏季山涧清凉，松柏荫蔽；秋季寒烟缭绕，层林尽染；冬季远山负雪，寒江独钓。这些足以说明，诗中自有天青云淡，画里尽是山高水长。

李白　百丈素崖裂，四山丹壁开

求崔山人百丈崖瀑布图

［唐］李白

百丈素崖裂，四山丹壁开。

龙潭中喷射，昼夜生风雷。

但见瀑泉落，如潈云汉来。

闻君写真图，岛屿备萦回。

石黛刷幽草，曾青泽古苔。

幽缄倘相传，何必向天台。

李郎诗才耀千古，太白坠世谪仙人

　　李白，字太白，号青莲居士，又号"谪仙人"。他是唐代伟大的浪漫主义诗人，被后世誉为"诗仙"，与杜甫并称"李杜"。据《新唐书》记载，李白为凉武昭王李暠九世孙，按照这个说法，李白与李唐诸王应该是同宗同族。

幼年的李白就已经展现出了诗才。成年之后，他更是辞亲远游，仗剑出蜀，往来于山水间，结交当世名士。天宝三年（公元744年）夏天，李白到了东都洛阳，巧遇杜甫，中国诗歌史上最伟大的两位诗人就这样遇见了。李白年长杜甫11岁，此时的他早已扬名天下。而杜甫虽风华正茂，却仍蹭蹬地困守着洛城。李白并未因才名倨傲轻慢杜甫，杜甫也没因此惧惮恭维李白。相反，二人竟因彼此"性豪也嗜酒"而结下了深厚的友谊。

李白一生坎坷，得而复失的剧情在他的人生中不断上演。

31岁的李白经历了一段蹉跎岁月。那时候玄宗任用宦官，高力士之辈当道，李白郁郁不得志，无奈只得离开长安，过了几年开山种田的耕读生活。后来又因为所作《大猎赋》很受玄宗赞赏，于是再入长安。在长安时，玄宗常拿些当世事务来询问李白，他都能对答如流，而且见解独到，皇帝对此大加赞赏，便册封他为翰林供奉。

安史之乱爆发后，李白与妻子逃离长安，辗转来到永王军营做了幕僚，后因永王兵变失败而被牵连，流放夜郎。上元三年（公元762年），病重的李白在病榻上将自己的诗文手稿交于叔父，最后赋《临终歌》与世长辞，享年62岁。

李白之死是个千古谜团。有说他是饮酒过度醉死的；有说他是年老多疾病死的；还有说他是游湖兴起，借着酒力投水溺死的。虽说第三种说法与诗人性格非常吻合，但谜团终究是谜团，都只是世人的猜测。可以肯定的是，李白的一生充满了太多的坎坷和传奇，其诗名流芳千古。

百丈素崖中断裂，四山丹壁水花开

据《天台山志》载："百丈岩，在天台县西北二十五里崇道观西北，与琼台相望，峭险束隘，四山墙立。下为龙湫，翠蔓蒙络，水流声潎然，盘涧绕麓，入为灵溪。由高视下，凄神寒骨。"画中所绘就是天台山百丈岩的瀑布景色，此五言诗亦是描绘该景。

那耸立的高山水雾缭绕，直插云霄，仿佛一位烟雾缭绕的仙人独立于天地之间。那似有百丈高的瀑布洁白如绢，好像要把这山崖撕裂。经过瀑布流水的冲刷涤荡，这四周直立的山壁都已变成了如道士仙丹和天上彩霞一样的颜色。在流水常年的侵蚀下，瀑布下方被冲击成了一个水潭，形状如龙，所以叫它龙潭。那瀑布的飞流喷射直下，冲击着潭中积水，气势磅礴。其音呼啸如风，其汽如云潮涌动，日日夜夜发出雷霆般的轰鸣声，简直就是从九天银河处倾泻而下飞入凡间的。

听说崔山人这幅写真图画上还刻画了众多岛屿萦回缭绕，用石黛粉描绘生长在幽谷深处的青青草色，还曾用青石颜料润泽出峭壁上生长的古老青苔。你别老是把这样好的绘画作品收藏起来啊！不如你送给我李白好了，那样我就不用老是常常朝思暮想去攀登天台山了。

太白诗中见真趣，潇洒浪漫画奇观

李白是一个自带仙气的诗人，诗歌里充满了浪漫主义的色彩。他的诗风时而豪迈奔放，时而清新飘逸，想象丰富，意境深远，立意奇妙。他十分注重诗歌中个性的表现和个人情感的表达，所以经常运用大胆的想象和夸张手法。他在描写景物时还善于抓住其特点，再加上合理的夸张，显得自然而不露痕迹，让读者感觉真实可信，起到突出形象、强化感情的作用。有时为了加强艺术表现效果，他还将大胆的夸张与鲜明的对比结合起来，从而加大了描写对象的艺术反差。

"百丈素崖裂，四山丹壁开"中，诗人用"百丈"夸大了瀑布的高，紧接着用"裂"和"开"给人以视觉的冲击，何其震撼。"龙潭中喷射，昼夜生风雷"则用"喷射"写出了瀑布水流速度之快和冲击力之大，用"生风雷"这样合理的夸张，让读者未见其画而得其音，犹如风雷在耳，感官全开。

"但见瀑泉落，如潨云汉来"一句中，诗人眼看着瀑布，大胆的想象到九天的银河，增加了诗文的趣味性。

　　"闻君写真图，岛屿备萦回"一句则向读者交代了事实，以上画面都是诗人自己的遐想，足以说明其丰富的想象力。"石黛刷幽草，曾青泽古苔"中的"石黛"是石黛粉，"曾青"是曾青石，二者都是染料的名字。诗人这样详细地说明绘制景物的颜色，既为了说明自己真正懂得丹青之道，也为了能从侧面衬托出画家对染料使用的认真与专业。后面的"刷"和"泽"二字更是细致描绘了画家用笔的不同，印证了上文的猜测。

　　"幽缄倘相传，何必向天台"一句充分展现了诗人率真可爱的性格，将自己想要向崔山人讨画的心情展露无遗。如果画家把作品赠予自己，那便没有必要再亲自去实地游览观赏。这句诗其实是对画家极大的赞美，同时也表达了自己对这幅作品的喜爱之情。

文同　大雪洒天表，孤峰入云端

范宽雪中孤峰

[宋]文同

大雪洒天表，孤峰入云端。

何人向渔艇，拥褐对巉屼。

文竹画中几曾老，同书岁月与春秋

文同，北宋画家，字与可，号笑笑居士，梓州梓潼郡永泰县（今属四川省绵阳市盐亭县）人。他擅诗文书画，篆、隶、行、草、飞白，无一不通，与苏轼是表兄弟。说到北宋全才苏轼，无人不知，无人不晓。但他还有一个同样优秀的表哥，恐怕就没几个人知道了。这个与苏轼齐名的表哥叫文同，苏轼曾经称赞他诗、词、画、草书四绝，并视他为偶像。兄弟俩情同手足，同为"竹痴"。那句"宁可食无肉，不可居无竹"，既是苏轼自况，也是评点那位同样爱竹的表哥文同。

据说，苏轼画竹也是受文同的感染，并且，他画竹子的一些技法还是表哥传授的。

文同经过多年的观竹与画竹，对于茂林修竹早就了然于心。他将悟出的画竹真谛毫无保留地告诉了表弟苏轼："画竹者必先得成竹于胸中，执笔熟视，乃见其所欲画者，急起从之，振笔直遂，以追其所见，如兔起鹘落，稍纵则逝矣。"

"胸有成竹"这句成语就是这么得来的。

画家米芾曾称赞文同"以墨深为面，淡为背，自与可始也"，意思是说文同开创了墨竹画法的新局面。

文同任洋州太守时，朋友们都觉得那里穷乡僻壤的，为他不值，他却十分惬意，不以为然。后来大家才知道，原来洋州城北有个篔筜谷，那里到处都是竹子，"竹痴"之名，实至名归。

一日，文同携夫人同去竹林游玩，晚餐时仅有竹笋下饭。这边正吃着饭，那边差役来报，说有表弟苏轼书信一封，文同于是边吃边打开信札。信上开头说的都是些嘘寒问暖的关切之语，当他看到最后发现表弟还随信题诗一首："汉刀修竹贱如蓬，斤斧何曾赦箨龙。料得清贫馋太守，渭川千亩在胸中。"文同读罢诗句，忍俊不禁，于是放声大笑，喷饭满桌。这不仅成为一段文坛佳话，还衍化成了"失笑喷饭"这一成语。

他常坦言说："世无知己者，唯子瞻（苏轼的字）识吾妙处。"苏轼也曾公开表示："与可与予亲厚无间，一日不见，使人思之。"两兄弟诗文相和、书画相通，哥哥视弟弟为毕生知己，弟弟一日不见哥哥就甚是想念，这种感情真是羡煞旁人。

文同之死也颇为传奇。宋神宗元丰二年（公元1079年），他从湖州调任陈州任知州，上任途中路过陈州宛丘的驿站时，忽然就要留下休息，不再继续前行。他要求随从为他沐浴，随后又找来干净的衣帽穿戴整齐，在书房正襟危坐，安然离世。他好像预知到自己大限将至一般，从容坦然地走完了最后的日子，享年61岁。

文同去世前一年，曾送苏轼一帧墨竹册页。当身在远方的表弟苏轼得知表哥离世的噩耗后，不禁用手反复抚摸着书案上的画册，伤心的眼泪不停地流下，痛哭到不能自已。

山人志在云天外，短褐孤舟向山峰

《范宽雪中孤峰》是文同的一首五言绝句题画诗，诗画中所提到的《雪中孤峰》是范宽的一幅山水画作品。

范宽，宋代绘画大师，名中正，字中立。他曾独创雨点皴和积墨法，画风浑厚端庄，气势壮阔，与董源、李成并称为"北宋三大家"。

正如文同在题画诗中所描绘的那样：雪中孤峰耸立，气势浑厚雄壮，好一幅山水胜景。那画中漫天大雪用雨点皴成，厚重而逼真。雪花盈盈点点地从天而降，像天上有神仙一样，将纸片撕得粉碎，随意漫撒。画中所绘的那座孤零零的山峰，直插云端，气势雄浑之态全都依仗画家高超的积墨法。

这大雪虽压住了青山，却带给了青山更多的雄奇险峻之感，而山的刚硬线条也刚好衬得点点白雪更加妩媚妖娆。画中的江面上还有一只渔船，船上还有一个穿着粗布衣服的人，他正站在船头对着那高峻的山峰，不知是何人。我就好像那画中人一样，虽然生活清贫但也正好乐在山林，那人应该是我的同道吧。

常将诗文比名画，山水之间道深情

文同的写景诗十分具有个人特色。画家兼诗人的他十分擅长在诗文的创作中取景，他还常在诗文中用一些生动、传神的形象，构建出一个宛如图画的世界。另外，他还常常探索着把自然景物比作前人画作，如"峰峦李成似，涧谷范宽能"（《长举》）。这种创新的写景手法进一步表明，早在北宋时期，艺术家就已经尝试着去融合诗歌和绘画这两种不同的艺术形式。

前两句是从全局的角度，烘托绘画所要表达出来的气势；

而后两句却是从小处着眼，通过描绘细节来传递画中所蕴含的意境情感。"何人向渔艇"一句无疑而问，表达的是一种安然于天地间的忘我境界。这种情感是范宽追求的，也是文同向往的，更是古今文人不变的精神归宿。

王安石　宿雨清畿甸，朝阳丽帝城

秋兴有感

[宋]王安石

宿雨清畿甸，朝阳丽帝城。

丰年人乐业，垄上踏歌行。

马踏长歌残山去，远带剩水一带宽

马远，字遥父，号钦山，南宋临安人。他出身于绘画世家，其曾祖、祖父、伯、兄及本人均任过画院待诏。他所画山水，笔力劲利阔略，皴法硬朗，因其作画时喜欢着力于边角小景，所以得名"马一角"，与李唐、刘松年、夏圭并称"南宋四家"，现存世作品有《踏歌图》《水图》《梅石溪凫图》《西园雅集图》等。

马远《踏歌图》中的题画诗渊源颇远。其实这首诗非其本人所作，作者另有其人。创作这首诗的是北宋时的政治改革家王安石，而将其引用并题在画上的却是宋宁宗赵扩。诗与画虽然相隔北宋与南宋两朝，却十分契合地点明了作品的主题，承载了一代宋朝皇帝对太平盛世的企盼之情。这幅传世名画现收藏于北京故宫博物院。

太平丰年民乐业，陇上时有踏歌行

《踏歌行》中的"踏歌"，其实是流传于古代民间的一种歌舞娱乐，一般是用脚蹬踏出声音然后和歌而唱。古代文人诗歌中常有关于这一娱乐形式的诗句，如"人影渐衡益露冷，踏歌声度晓云边""帖帖平湖印晚天，踏歌游女锦相牵"等，足见其在民间的流行程度。

打开画轴，首先映入眼帘的就是这首诗。雨终于停了，经过一整夜雨水的冲刷，整个都城空气十分清新，在朝阳的映衬下格外美丽。在田垄溪桥边，山坡巨石旁，稀疏的柳树和翠绿的竹子相互掩映，绿意十足。巨石左边的垄上有几位老农，他们一边踩踏着跳舞，一边唱歌。画中除老翁外，还有另外三人，他们动态不一，有的在拍手打节奏，有的在躬腰舞蹈，还有一个肩扛竹棍，上挑葫芦，也在和节而踏。垄道左面还有两个孩童，给画面平添了一股童趣。

图中有老有少，人物动态与气氛十分协调，好一个轻松闲适、其乐融融的画面。山谷中奇峰耸立对峙，山中宫阙若隐若现，在一抹朝霞的映衬下，整个画面显得十分静谧安详。老百姓粮食丰收，安居乐业，日子过好了，自然有闲情在辍耕陇上时踏歌娱乐。

一角山色出情状，三百风月入图景

马远绘画师从李唐，这点可以从他在《踏歌图》中对自然景物的处理上寻得踪迹。画中山石仿佛用斧劈皴，他在继承现实绘画技法的同时，用笔上力求苍劲简略、干净利索，这是他自己的独特创造。

这幅作品描写的虽不是边角之景，却在具体处理上突出了典型的马派"一角山"的特点。马远作画并不以雄伟见长，而是胜在清新。那远峰瘦削，好像摆在文人案头的盆景一般清逸灵动，让人感觉神清气爽。光与色的处理、空间和角度的选择更是让整个画面清旷秀劲。

王安石的这首清丽小诗在首句就交代了环境：京城边上的农田被昨夜的雨洗刷一新。奠定了整首诗的清新氛围。第二句"朝阳丽帝城"则将时间一转：在朝阳的映照下，都城的景色更加艳丽夺目。前两句暗藏"清丽"，这也与马远绘画风格暗合，堪称绝配。

清静深秀的山湾里，几个老农正带有几分醉意在歌舞欢娱，正是因为岁足年丰，老百姓才会如此快乐的劳作啊。诗人在三、四两句中交代了这样愉快的场面出现的原因，整个画面栩栩如生，对美好年景和江山永宁的期盼之情跃然纸上，点亮了整幅画作。

李唐 云里烟村雨里滩，看之容易作之难

题 画

[宋]李唐

云里烟村雨里滩，看之容易作之难。

早知不入时人眼，多买燕脂画牡丹。

云里烟村江山在，喜看雨打细沙滩

　　李唐，南宋画家，字晞古，河阳三城（今河南孟县）人。他早年以卖画为生，尤擅山水、人物，徽宗时入官府画院。他的绘画整体画风古朴苍劲、气势雄壮，首开南宋水墨画苍劲浑厚的先河，与刘松年、马远、夏圭并称"南宋四大家"。现存世作品有《万壑松风图》《清溪渔隐图》《烟寺松风》《采薇图》等。

　　《题画》一诗为李唐的作品。由于当时的社会和画坛流行颜色浓艳明丽且以花鸟为题材的作品，因此无人欣赏作者的山水画。诗人其实是借用诗歌，讥讽世人喜好艳丽色彩、追慕富

贵荣华的俗气眼光，并抒发了自己怀才不遇、难得知音的苦闷心情。

云雾缭绕的村庄隐藏在半山腰上，在蒙蒙烟雨中时隐时现，仿佛置身于仙境中。山下连着水面的是一片细沙河滩，细雨打在沙滩上，层层点点，清新雅致。雨水过后，河流中的水就涨起来，湍急地冲刷着沙滩。画出这种意境要经历艰难的运笔和构思，不懂门道的外行人也就只能欣赏一下其中的美景了。哎！早知道世人不懂得欣赏如此雅致高远的风景，我当初就应该多买点胭脂，去画那颜色艳丽又简单的牡丹花了！

作画不为讨人欢，岂能贪名画牡丹

明代郁逢庆的《书画题跋记》中曾记载了钱塘人宋杞对李唐的回忆：李唐初到杭州时无人赏识，靠卖纸画糊口，生活十分艰辛。他写下这首题画诗就是为了借此来讽刺当时社会上崇尚艳丽花鸟画的媚俗风气。

从整首诗来看，虽然诗名为《题画》，但涉及绘画本身的只有第一句而已，剩下的三句都是从画上说开，借题发挥。诗人是想将自己的感慨和愤懑的个人感情隐藏于这首诗中，以抒心中不平之气。

首句虽然只有简单的七个字，却将整幅山水画生动形象地呈现在读者眼前。云雾中的山村与滂沱雨水中的河滩一静一动，相互映衬，让读者觉得山村仿佛就在眼前，雨打沙滩的声音犹在耳边，非常清新自然。

次句"看之容易作之难"则表达了诗人的人生感悟：要想画出如此精妙绝伦的好画，得经过多少艺术的积累和技艺的锤炼啊。这句诗充满了人生哲理，正所谓"看人挑担不吃力，事非经过不知难"。人们往往看到的都是表象，所以常常会被眼前的纸醉金迷、声色犬马所迷惑，从而缺少一双善于发现美的眼睛，沉迷在世俗的浮华中无法自拔。

最后两句"早知不入时人眼，多买燕脂画牡丹"中，诗人直抒胸臆，用一种含泪带笑的表达方式，亦庄亦谐地反讽世人。早知牡丹受欢迎，不如弃画买胭脂。这种幽默中带着的无奈和感伤，恐怕只有作者自己知道吧。诗人用这种方式痛快淋漓地将自己的想法表达出来，为后世很多诗人所效仿。

从李唐的题画诗中我们也能看出他在山水画上的非凡造诣，那精炼的构图、雄阔的笔力和深远的意境通过那句"云里烟村雨里滩"表达得淋漓尽致。

更难能可贵的是，李唐的诗歌中还有他对时事的看法，与诗画正相合，让人回味无穷。世风日下，人心不古。诗人既然想要保持自己清高的品性，不去做迎合别人的事情，那就让这画和人的好与坏，留给时间去评价吧。

庞铸　一溪流水玉涓涓，溪上修篁接暮烟

隔溪烟雨图

［金］庞铸

一溪流水玉涓涓，溪上修篁接暮烟。

谁倩能诗文与可，笔端移得小江天。

庞公风流天下闻，铸文造语俱可人

金朝诗人庞铸，字才卿，自号默翁，辽东中州集作大兴（今北京市大兴区）人。他擅长书画诗文，而且语言奇健，文风独特不凡。

庞铸的生卒年均已不详，相传他出身显贵之家，青年时就因其风流文采为时辈所重。南渡后，他的仕途辗转波折，最开始做了翰林待制，后迁户部侍郎，又因其到女真贵戚人家闲游暂居而受到朝廷追究，被贬到了辽阳，做了东平副使。最后，他又被调任为京兆路转运使，死在了任上。《金史》曾对他的这

段仕途经历有过只言片语的记载，评价他为："博学能文，工诗，造语奇健不凡，世多传之。"

溪水潺涓卷烟雨，自将诗文化江天

庞铸曾为田琢（字器之）作《燕子图》，后来引发金人士子们的集体题咏。此是庞铸好友田琢从军塞外时请其所作之图。

庞铸的《田器之燕子图》诗

田君才略燕云客，少年累有安边策。悔从笔砚取功名，直要横驰沙漠北。

塞垣春雪白皑皑，东风未放玄阴开。乌衣之国定何许？一双燕子能飞来。

三年驿舍安西道，眼底莺花无梦到。忽见低飞入短檐，此身似向邯郸觉。

君居海东我中原，相逢乃在穹庐前。天涯流落俱为客，感时念远空潸然。

长安何限高高阁，昼夜风闲开翠幕。底事猜嫌不往依，甘从此地风沙恶。

土人嗜肉无仁心，一生弋猎夸从禽。有巢幸稳勿浪出，汝身未必轻千金。

朝来暮去益狎昵，物我相忘情意一。但怪重裘积渐添，元是西风催社日。

须知音巧惟鹧鸪，忽来坐隅如告辞。我方留寓未归得，为君忍赋伤心诗。

诗成自述聊为戏，系足封之亦无意。燕已归飞我未归，刁斗声中忽惊岁。

旄头夜落妖气收，嫖姚献凯归神州。玉关早喜班超入，北海不闻苏武留。

君才经世宁终枉，幕府须贤来上党。别后归期两及瓜，人间秋燕日来往。

沉沉官舍红芳稀，葛衣燕居澹忘机。忽闻巧语入檐户，大似相识来相依。

一飞檐外窥庭树，一上屏山惊不去。解足分明得帛书，真是当年留别句。

天生万物禽最微，固耶偶耶我不知。古道益远交益醨，朝思暮怨云迁移。

当时握手悲别离，一旦富贵弃如遗。闻予燕歌应自疑，慎无示之嗔我讥。

这首诗与一般的题画诗不同，它既没有描述画面，也没有议论画理，而是通过叙事来抒写情志。庞铸在题诗末尾狠狠地批评了那些见利忘义之徒，叹息人心不古，并警示世人在观看此画时应反省自身。

这首题画长诗一补《燕子图》思想境界的不足，通过文字描写来进行叙事抒情，从而感染看画读诗的人，达到教化世俗的目的。好友田琢与燕子之间的故事让那个时期的士人看到了一种高逸的风致和独特的人格魅力，以至于后来金人士子们纷纷在此画上题诗，其中不乏像元好问这样的大家，庞铸也因此成为他们的精神风向标。

虽然此图如今已下落不明，画中题诗也多有散失，但就流传下来的仅有的题画文本来说，我们也能从侧面看出诗人想表达出的人生情志。

那溪水蜿蜒，水流潺潺，从青山深处源源不断地流淌，从远处看就像一条玉带一般晶莹夺目。溪水边上有一片茂密的竹林，竹子修长无比，翠绿欲滴。每到暮色降临时，竹林间就会生起一层薄薄的白烟，那景致在白烟的笼罩下显得更加朦胧神秘。不知道谁能将眼前美丽的景色化为诗文永久保存呢？真希望他也能用笔墨作画，一并将这江天之间的壮阔转移到方寸的画卷中。

在这首题画诗中，诗人将景致描写与诗文画理相结合，还将自己的真实感受渗透其中。首句"一溪流水玉涓涓"运用比喻的修辞手法，将溪水蜿蜒比作玉带飘飘，把溪水的清澈、微寒和蜿蜒，从视觉、感觉、触觉三方面生动表达出来。"涓涓"

这一叠词的使用，使得诗句在音韵上更加有绵绵不绝之感，也符合溪水的特点。次句"溪上修篁接暮烟"中，诗人用实实在在的茂密篁竹来衬托缥缈的薄烟，一实一虚恰恰形成鲜明的对比，使诗情画境更加立体丰满。

诗人看着眼前的诗文画作十分满意，畅想与自己志同道合的文人士子也一样爱慕这旷达的景色。诗文结尾"笔端移得小江天"则是诗人志向山水书画的表达。"江天"这一意象，其实代表了诗人内心的追求，"笔端"一词可以看出这种美好是书画者自己营造的，是发自他内心深处的，这里只是通过书画折射出了自己的真实想法而已。所以，即使是让诗人一直沉浸在这美好的书画世界中，他也能自得其乐，体会这世间永恒的美好与情怀。

秋风雨骤暗长空，无限雄浑淡墨中

庞铸文采斐然，被时人所推崇，他还曾为金朝的开国元勋金兀术写过祠堂碑文。金人元好问曾作了一首《庞都运山水》夸赞他："门阑喜色到崔卢，文赋声名逼两都。重为溪山感畴昔，风流还有此翁无。"庞铸现存的许多题画诗中都表达了其人生志向和生活感悟。

"我爱陶渊明，爱酒不爱官。弹琴但寓意，把酒聊开颜。自得酒中趣，岂问头上冠。谁作漉酒图，清风起笔端。"表达自己虽身在官场，仍不忘文人的高洁雅致。

"小暑不足畏，深居如退藏。青奴初荐枕，黄妳亦升堂。鸟语竹阴密，雨声荷叶香。晚凉无一事，步屧到西厢。"描写他日常生活从容淡然的状态。

更有"草树萧条故苑荒，山川惨淡客魂伤。玉光照夜新开冢，剑气沈沙古战场。金谷更谁夸富丽，铜驼无处问兴亡。一尊且对春风饮，万事从来谷与臧"，抒发了他怀古伤今的苦闷之情。

庞铸还曾自题过一幅《秋风骤雨图》，诗曰："弥川急雨暗长空，无限琅玕淡墨中。剑甲纵然军十万，欲将貙虎战斜风。"在这首题画诗中，诗人借助秋风骤雨展现了另一番雄浑壮阔的气魄，寓情于景，将自己多变的诗风展现得淋漓尽致。

打开画轴，满眼秋色萧索——山川横亘绵长，天空乌云蒙蒙。突然之间秋风四起，风卷积着乌云，夹带着落叶，吹乱了平静的江面。疾风过后，一场秋雨转瞬而至。那景象好像是成千上万个身披厚重铠甲的将士，手握着寒光四射的出鞘宝剑，整齐地列队准备打仗。这群桀骜不驯的战士慷慨雄壮地要和貙、虎这样的猛兽搏斗，勇敢无畏地去与斜吹而下的肃杀秋风进行一场大战。

《隔溪烟雨图》这首题画诗中，诗人通过诡奇的想象，描绘出了唐人李贺笔下"黑云压城城欲摧，甲光向日金鳞开"那般的雄浑诗境，把气氛渲染发挥到了极致。

首句"弥川急雨暗长空"写的是自然界乌云盖顶、秋雨骤降的真实景色，"急"字反映出雨来得非常快、急。次句中，诗人笔锋一转，将读者又带回绘画本身。"琅玕"一词本是《山海经》中所记载的神话传说中的仙树，这里引申为画面纵横散乱的样子。画家用泼墨的技法，将上句中的画境生动地表达出来，乱中有淡，足见其匠心独运。

第三句"剑甲纵然军十万"用比喻的方法，将眼前画面具象化，以十万雄兵作对比，既凸显了绘画本身雄伟壮丽的气势，又写出了绘画技巧上乱中有序的特点。最后一句"欲将貔虎战斜风"将这种气势推至顶点。

"貔虎"一词出自《尚书·周书·牧誓》，意为貔和虎，亦泛指猛兽。这里诗人把它比作与之对阵的勇敢强猛的军队或桀骜不驯的武夫。诗人将这种不畏一切的气势轰然托出，让诗与画都具有了摧枯拉朽的震撼力量。

钱选　山色空蒙翠欲流，长江清澈一天秋

题秋江待渡图

[宋]钱选

山色空蒙翠欲流，长江清澈一天秋。

茅茨落日寒烟外，久立行人待渡舟。

钱营士气多庆家，选注书画颂菊花

钱选，宋末元初画家，字舜举，号玉潭，又号巽峰，湖州人。他是南宋进士，元灭南宋后便不再做官，从此纵情诗画，终身不仕。他的画博采众长，包容百家，在继承苏轼的文人画理论的基础上，大力倡导"士气"说，即诗、书、画紧密结合。他的人品和画品誉满当时，与同乡赵孟頫等七人（另六位是王子中、牟应龙、肖子中、陈天逸、陈仲信、姚式）一同被时人称为"吴兴八俊"，他是八俊冠首。

在宋末元初这个外族入侵、国破家亡的特殊时代背景下，

很多汉族文人面对伤痛，选择过着"不管六朝兴废事，一樽且向画图开"的隐逸生活。这种弃官归隐、明哲保身的选择颇有老庄思想中追求"平淡"的意味，并深深影响了汉人画家的诗画品格，钱选就是如此。

钱选的花鸟画成就最高。相传他喜欢饮酒，不喝到有醉意就不能作画，但如果喝得大醉就不能画了。所以他总是在喝到微醺时，借着酒力，心手合一，一气呵成。他喝醉时画出的作品都很有趣，经常被人拿去传看。

他还非常善于临摹别人的画作，据说有一次他借了别人的一幅《白鹰图》，最后还的时候将自己临摹的作品给了人家，那人竟浑然不知。钱选的这种随心随性的性格很像一位玩世不恭的隐士，沉浸在杯酒书画中自得其乐。

落日空山翠欲流，江起寒烟人待渡

"秋江待渡"是古代文人画的一个固有题材，初唐的李思训画过，元代的画家盛懋画过，明代的仇英也画过。秋高气爽，青松红树被崇山环抱其中，远处的景色在云雾缭绕中也变幻莫测。再看那近处的江水，平静而浩渺，江中的轻舟正徐缓飘行，远处彼岸待渡者在心急如焚地等待渡船。这江岸自古就是分别的场所，所以这里发生的故事也常带有离别的悲情。秋风肃肃，临江求渡者本就难以忍受这份寒冷，更何况还要见水而止，站在空旷的江边孤立等待，于是就更多了一份焦急和无奈。这里的"渡"与"度"谐音，重点就是突出等待的这个过程，"待渡"是这过程中最难熬的一步。

同是为了达到彼岸，前者是为了离开某地某人，后者是为了摆脱烦恼超然物外。

在这个万物凋零，连山色仿佛都带着淡淡哀愁的秋季，山谷里空荡荡的，整个被弥漫的雾气覆盖，不能看见全貌。山上的树木有的已经开始凋落，有的叶子被染得火红，还有的依旧青翠欲滴。临江的树木倒影在这浮动的江面上，一眼望去，好像所有的色彩都在眼前流动起来。

晴朗清新的天气里，连江水也显得格外地清澈，好像水天没有了界限一般，让人迷失在江岸边。傍晚升起的炊烟带着寒气，随江风飘散在了水雾里，形成了一层薄薄的白烟。落日余晖下，那三三两两的茅草房子在寒烟的笼罩下若隐若现，江畔站着一个已经等待许久想要渡江远行的人。本来"待渡"就已经很焦急了，再加上眼前这一片萧条的景色，心中不免生起了离别的淡淡哀愁。

久立江岸盼舟船，秋水难渡眼前人

现实生活中总有一些事情是难"渡"的，就像诗人钱选要面对这改朝换代、江山易主的境况一样。他到底该何去何从？是随波逐流做蒙古人的奴仆，还是继续埋头诗画艺术一直到老？钱选选择了后者，他甚至萌生了心归山水、隐居避世的想法。也许只有这样他才能在心灵上得到自渡，丢掉苦恼，重获解脱，如他题画诗中所表现出的那种淡然与宁静一样。

首句渲染了秋江之畔的清奇景色。"山色空蒙翠欲流"中的"空"字从侧面写出了山的寂静，"流"将颜色写出了动态效果，视觉上更具有冲击力。次句中描写的秋天仿佛浮在江面上，进一步写出了江水的清澈，营造出一种气势浑厚的境界。第三句"茅茨落日寒烟外"承接了前面诗句平淡的基调，简洁地写出了彼岸之上茅屋俨然、炊烟袅袅的画面。最末句中，诗人用一个"久"字写出了待渡之人等待时间之长，从侧面渲染了人物焦急与无奈的心情。

这首诗中埋藏了许多钱选对精神解脱与心灵归宿的深度思考。那远处青翠葱郁的深山端坐在对岸，就好像是他那永远无法抵达的理想。画中待渡之人孤独地久立在寒烟之中，其实描绘的就是诗人自己，代表了他对现实的无奈与内心的空虚彷徨。而那条染着暮色的秋江上船来舟往，似有似无，正是阻碍诗人找寻心灵归宿的最大障碍。

从水到山，从这边到那边，在空间与距离的强烈对比下，诗人在江畔漫长等待的，其实是一颗隐逸之心。

汪广洋　老禅好画如好禅，不到觉悟不肯息

题巨然画

[明]汪广洋

老禅好画如好禅，不到觉悟不肯息。

一朝纵笔恣挥洒，万里长江落胸臆。

我闻大江之水出岷山，汉江之水出嶓冢。

两江合流东向趋，雾翕云蒸变俄顷。

此图乃独见源委，岂与寻常画师比。

地形笔势俱两全，白璧黄金谩堆几。

又闻瞿塘之险天下无，江水倒泻山模糊。

乌石滩高浪涛急，白帝城荒古木疏。

枯藤挂壁下猿狖，苦竹缘江啼鹧鸪。

展图不得一见此，令我扼腕长嗟吁。

世间好画岂易得，讨论应须待裴迪。

欲追太史赋远游，直上岷峨看晴碧。

汪水广骤卷狂潮，洋洋一去三千里

汪广洋，明朝初年画家，字朝宗，江苏高邮人。他性格庄严稳重，待人宽厚随和，年少时曾跟随庐阳名士余阙学习，博览群书，才艺出众。成年后汪广洋跟随朱元璋反元，之后因进献了"高筑墙，广积粮"的策略而得到了朱元璋的赏识，朱元璋常把他比作如同张良和孔明一样的杰出人物。之后他辗转到各地为官，最后因玩忽职守而被贬去海南，在上任的路上被赐毒酒，死在了路上。

禅师山水皆有禅，恣情胸臆天地间

这首题画诗是汪广洋为五代画僧巨然所作。巨然本是钟陵（今江西南昌）人，早年在江宁开元寺出家，南唐降宋后，随后主李煜来到开封，在开宝寺修行。巨然和尚师从董源，常以披麻皴来画山石，笔墨秀丽圆润，颇有董源的风范，因此世人常称他为"董巨"。他笔下的峰峦野逸秀美，花草藤蔓也多有禅意，是典型的文人山水画，颇有清静之趣。

让我们展开巨然和尚的山水画作，在他所描绘的山水世界中纵情游历。这位禅师喜好绘画就像他喜欢禅修一样，如果不到开悟正觉的境地就绝对不会停歇。那画中的山峦坡岸是用短笔披麻皴画成的，在细腻且富有层次的笔墨点染下竟有了神韵，高低起伏，变幻莫测。画中的溪水绵延悠长，路也如细带般轻盈，一眼望去十分朦胧。

虽然这只是画家一时兴起的创作，但却不知留给后人多少浪漫的想象。

一朝淡墨清岚洒，至此壮志藏胸臆

晚年的汪广洋开始对政务不再勤勉，变得更加贪恋杯中之物，放任自己纵情于书画山水之中。其实他的这种转变跟明代士大夫阶层的没落有着直接的关系，不同的时代有不同的结局，他也只不过是这庞大群体中的不幸一员。同样是被贬海南，宋代苏轼就能自得其乐，而汪广洋最后却只能落得个被赐死的下场。在这首题画诗中，诗人将现实的苦闷心绪通过对书画的理解一展无遗。首句"老禅好画如好禅"一句中的"老禅"指的就是五代画僧巨然和尚。诗人对巨然的画技大加赞赏，对他痴迷钻研的劲头也给予了肯定。第二句中更是指出巨然的绘画技艺已经如他参禅一般，到达了至臻的境界，"不到觉悟不肯息"。诗人将绘画和禅修二者结合起来作对比，既凸显了巨然的僧人身份，又便于读者理解他所想表达的意境。第三句"一朝纵笔恣挥洒"中，诗人着重强调了画家淡然洒脱的襟怀，让画作本身更加富于变化，作品更加动人心脾。

　　第四句"万里长江落胸臆"则使用了夸张的艺术手法，将画家胸中蕴藏的气势化作了万里长江喷薄而出，十分生动传神，也从侧面展现了诗人对画家的钦佩和敬仰之情。

赵孟頫　山高蔽白日，阴晦复多雨

题董源《溪岸图》

［元］赵孟頫

石林何苍苍，油云出其下。

山高蔽白日，阴晦复多雨。

窈窕溪谷中，遭回入洲溆。

冥冥猿狖居，漠漠凫雁聚。

幽居彼谁子，孰与玩芳草。

因之一长谣，商声振林莽。

溪水长流过沙洲，彼子幽居歌芳树

　　董源，五代南唐画家，字叔达，江西钟陵（今江西进贤县）人。他与李成、范宽并称为"北宋三大家"，因曾在南唐李璟时任北苑副使，故又称"董北苑"。

　　董源是南派山水的开创者，他最开始向荆浩拜师学艺，后来慢慢地开始以江南真山实景入画。他追求画面的平远幽深，以皴法见长，后人称其画法为"披麻皴"。米芾曾盛赞其山水画，"峰峦出没，云雾显晦，不装巧趣，皆得天真"。

北宋沈括也曾在《梦溪笔谈》中提到："董源善画，龙工秋岚远景，多写江南真山，不为奇山峭之笔。"又称"其用笔甚草草，近视之几不类物象，远观则景物粲然……"

展开眼前的这幅《溪案图》，首先映入眼帘的就是那白云间的山峰。山上那像树木一样丛生的石林虽胡乱堆叠，却层次分明，或裸露眼前，或被白云遮挡，各有神韵。山势延绵不绝，和远处的白云连在一起，好像这天上所有的云雾都是这山产生的。强烈的日光在白云的遮蔽下竟然变成了白色，太阳甚至直接被高峻的山顶遮蔽了。山间的阴晴随着这云展云舒变化很快，有时雾霭蒙蒙，有时细雨如晦。一场雨过后，山间的云朵消散殆尽，隐藏在山口间的那股幽深曲折的溪流终于露了出来，蜿蜒而下，潺潺泄出。

溪水冲刷着山谷，溅起了阵阵水花，在山间叮咚作响。山涧的流泉飞瀑随着山体的形势曲折回转改变方向，在山脚低洼处汇聚成湖。山谷里常有猿猴出没，它们的叫声短促凄切，回响不绝，显得这山谷更加幽深了。远处的湖面开阔，水面波光粼粼，有时甚至还能见到北回的大雁在水面成群游动，整个景象充满了诗情画意。到底是谁家的风流士子能幽居在如此清净

之地呢？不知又是谁能与他一起看草长莺飞呢？常思林泉入诗境，一曲长歌动山林

董源与赵孟頫虽同为画家，但他们所处的时代却不相同。国家的更替和政治动荡让赵孟頫更具有陶渊明一般的"林泉之思"，这种归隐的想法在他的诗中也多有体现。

这首题画诗可分为两个部分：前半部分为前八句，写山林之景；后半部分为后四句，写林泉之思。写景的部分情景交融，无论是石林苍苍、白云出岫，还是山高蔽日、秋雨阴晦，更或是溪水潺潺、悬泉瀑布，全都带有一种悠然避世、世外桃源之感。

诗人对山间猿鸟的描写除了给诗文增加了勃勃生机和无限乐趣外，也从侧面反衬出山谷的幽静。然而下一句他马上笔锋陡转，将自己的心声暗自吐露：我愿意幽居山中，做那个闲看草枯草长，高兴时能放歌一曲、声震长林的隐逸高士。

这位南宋遗民似乎已将山林泉石作为自己的心灵归宿，与东晋大诗人陶渊明的想法竟然不谋而合。他虽然因为各种原因不能完全与官场决裂，但"高山仰止，景行行止，虽不能至，心向往之"。

在他的《题归去来图》中有诗云："生世各有时，出处非偶然。渊明赋《归来》，佳处未易言。后人多慕之，效颦惑蚩妍。终然不能去，俯仰尘埃间。斯人真有道，名与日月悬。青松卓然操，黄华霜中鲜。弃官亦易耳，忍穷北窗眠。抚卷三叹息，

世久无此贤！"诗文中提及的松、竹、梅同为岁寒三友，是古代文人心中具有高尚气节和坚贞节操的象征。赵孟頫在诗文中使用这些意象正是为了说明自己倾慕君子，想要退隐自藏、返璞归真的想法。

这种想法在这首题董源《溪岸图》一诗中更加强烈。他将自己心中的夙愿化作一曲乐谣，心口合一，长歌而出，我想他唱的该是那曲"归去来兮，田园将芜胡不归"吧！

王蒙　咫尺画图千里思，山清水碧不胜愁

题范宽《山水画卷一》

[元]王蒙

范宽墨法似营丘，散落人家二百秋。

咫尺画图千里思，山清水碧不胜愁。

王图霸业白云间，蒙山樵居一黄鹤

　　王蒙，元朝画家，字叔明，号黄鹤山樵，湖州（今浙江吴兴）人。他出身书画世家，其外祖父赵孟頫、外祖母管道升等都是元代著名画家，因而他的山水画受赵孟頫直接影响很大。他独创的"水晕墨章"画法杂糅了王维、董源、巨然等人的技法，对明清山水画影响很大，现存世作品有《青卞隐居图》《葛稚川移居图》《夏山高隐图》《丹山瀛海图》《太白山图》等。

　　年轻时的王蒙本想凭借自己高超的绘画才能得到朝廷的选拔和任用，可他和其他南人（汉人）画家一样，被元朝统治者

轻视。眼看仕途无望，他干脆放弃仕途，在山水间过着醉卧青山、闲看白云的隐居生活。

王蒙最擅长画山水画，而且他的笔触用墨很奇特，是先用淡墨去勾勒山石的骨骼，然后再用焦墨去皴擦。这种画法画出来的山石中间一点空的地方都没有，如果仔细观察的话还能发现上面的一些破点，营造出来的整体山势也是深秀蔚然。他画作中所选择的题材大多是隐居生活，整体布景和运笔都十分富有层次感，构图也不留空隙，再加上强烈的色彩对比，整个画面非常充盈，意境悠远。诗文之中含画论，意境引人千里思。

这首题画诗是元代画家王蒙为宋代画家范宽的《山水画》所题。范宽是中国绘画史上公认的大师，他独创的雨点皴和积墨法，影响了后代一大批文人山水画家。元代汤垕在《画鉴》中评价说："宋世山水超越唐世者，李成、董源、范宽三人而已。"又说，"董源得山之神气，李成得山之体貌，范宽得山之骨法，故三家照耀古今，为百代师法。"因此，就有了"范宽画山往往见骨"的说法，这与其高超的绘画技法是分不开的。

打开这幅山水画卷，一股钟灵神秀之气力透纸背。眼前这幅山水画散落人间已经有二百多年了，如今在我眼前，让我陷入了深深的沉思之中。承载着传世图画的卷纸不过咫尺，前朝大师却能运用娴熟的笔法营造出千里的情思，这是多么的不可思议啊！

　　作者从专业的角度进行品鉴，力求引导读者更深层次地欣赏画作。诗的第一句先论画宗，指出范宽的山水画师从李成，这也是画史上不争的事实。次句"散落人家二百秋"中，诗人将这幅山水画作品比作散落人间二百多年的明珠，最终才得以重见天日，这怎能不叫诗人欣喜。

　　第三句诗人又将思绪引回画中，道出了这幅作品真正的妙处：一纸之内、方寸之间便能绘制出如此绝美画境，实在是技艺高超。这是一位画家对前辈的最高礼赞，也是对这幅画作最贴切的评价。末句"山清水碧不胜愁"中，诗人将书画实景与画论相结合，把青山和碧水的特点写了出来，勾起了人们的无限愁思，也说明了这幅画在感情渲染和艺术构思上的艺术成就，引导看画的人深入地欣赏这幅作品。

　　深山茅屋在东篱，闲看落花鸟惊起。王蒙一生曾多次隐居山林，在他的心里永远有一块地方是留存给漂浮的白云、挺拔耸立的山峰和那一池清澈的湖水的。即使是在他身陷囹圄的时候，他的灵魂也一定是自由的，因为他的灵魂早已归属于心中的那片净土，只待他早日归来。他曾经画过那么多隐居题材的作品，可无奈自己却不曾逃出这个世俗的樊笼，于是索性将自己一生的情思全都融入画中，来弥补这求之不得的遗憾。

　　王蒙还曾自题过一幅《茅屋讽经图》，诗曰："客来客去吾何孤，山静山深事亦无。一卷《黄庭》看未了，紫藤花落鸟相呼。"诗人在题目中用了"茅屋"二字来点出诗人居住场所的简陋，看似是在自嘲，其实本人却乐在其中。"讽经"是诵读经书之意，单单题目就已经营造出一种超凡脱俗、淡泊宁静的思想境界。

打开画卷，首先映入眼帘的便是这空山中耸立的山石和高大的树木，营造出一种幽寂空旷的氛围。诗人在这山里风景绝佳之处修建了一个茅草屋，每天都有客人往来交游、喝茶论道，又有什么好感到孤寂的呢？

这幽深的山林静得好像只能听见树叶飘落和野花开放的声音，世间的俗物与红尘的喧嚣好像与我毫不相干一样，全都可以"眼不见，心不烦"。我躺在竹制的长椅上，品着山间溪水沏的香茶，随意翻看着手中的《黄帝经》，许久也不曾看完。应该是我看的时间太久有些累了吧。于是我悠闲地抬起头，这一动就惊起了山中的鸟儿。它们从藤蔓上飞起，叽叽喳喳两两应和着，像彼此在打招呼一样，一同向山林更深处飞去。

整首诗境界宁静淡然，颇有王维《山居秋暝》中"空山新雨后，天气晚来秋"的深远意境。首句用"客来客去"向读者展示了一幅来往客人络绎不绝的画面，也从侧面说明了他自身的美好品格和个人魅力，即使是在这深山中幽居也不会感到孤独寂寞。第二句"山静山深事亦无"写出了山静和山深的特点，"静"说的是听觉上给人的真实体验，"深"是视觉上给人的独特感受。"事亦无"指诗人远离红尘俗世，不会为案牍劳神费力。没有烦忧，自然清闲无事。

第三句中的《黄庭》指的是道教养生修仙专著《黄庭经》，又名《老子黄庭经》，作者是老子，被道家上清派奉为经典，也被内丹家视为内丹修炼的宝典。因为有诸多名家临本传世，所以诗人也不知道他所看的是何版本。但可以肯定的是，他一定是在体味其中玄之又玄的语言，欣赏名家那精彩绝伦的书法，这样的阅读怎么会有穷尽呢？所以这一卷书看了很久也不曾看完。

在全诗最末句"紫藤花落鸟相呼"中，"花落"是一种视觉上的动态冲击，"鸟呼"是一种听觉上的精神唤醒。在之前写山谷幽深宁静的铺陈下，全诗末尾以此句点化，静中生动，以动衬静。

这最后一句也许与诗人在山中悟道的真实体验有关，也可能跟他的绘画理念相合，还可能跟他的自身信仰密不可分，但无论怎样，这句堪称传神高妙。

王绂　云山淡含烟，疏树晴庭日

水墨小景

[明]王绂

云山淡含烟，疏树晴庭日。

亭虚寂无人，秋光自萧瑟。

王孙降尊等高楼,怀玺藏绂归潮头

　　王绂，明代画家，字孟端，号友石生，江苏无锡人。他最擅长画山水画，因为曾经师从吴镇、王蒙、倪瓒等多位文人山水画大师，所以他的画兼有不同的特点，既有王蒙的苍郁，又有倪瓒的旷远，对后来的"吴门画派"影响深远。现有存世画作《墨竹图》《竹鹤双清图》《潇湘秋意图》《枯木竹石图》《江山渔乐图》等。王绂这个人特别有趣，从来不轻易作山水画。所以后人有诗文形容他为"舍人风度冠时流，笔底江山不易求"。他一生钟爱画竹石，不仅爱画还会画，在这方面的成就非常高，时人认为他的墨竹画是"明朝第一"。他的绘画兼收北宋至明朝以来的各家之长，再加上他的别出心裁，笔下的竹子就有了如君子临风般潇洒飘逸，如隐士高歌般畅快自如，青翠逼人、干练挺劲。

正是因为绘画境界高妙，他还收获了一位皇帝粉丝。他曾画过一幅《竹炉煮茶图》，侍读学士王达还为此画记序作铭，后就构成了珍贵的《竹炉图卷》，这幅画后来辗转落入到了清代乾隆皇帝的手中。乾隆十分喜爱这幅画，就连南巡的时候都将这幅画带在身边，不曾离身。但谁知这位粗心的皇帝并没有保护好这幅心爱的画卷，在落脚惠山时不慎将其毁坏。但乾隆竟然亲自模仿王绂笔意，补写了竹炉首图，并做了题诗。可见他真是画家王绂的千古第一"迷弟"。

云山白日吐寒烟，秋光萧瑟寂无人。王绂对于艺术的追求十分苛刻，如同有洁癖一般。《明史》中曾这样记载他："于书法，动以古人自期。画不苟作，游览之顷，酒酣握笔，长廊素壁，淋漓沾洒。有投金币购片楮者，辄拂袖起，或闭门不纳，虽豪贵人勿顾也。有谏之者，绂曰：'丈夫宜审所处，轻者如此，重者将何以哉！'"

这段话的意思是说王绂常常用古人的标准来要求自己，对于自己的书法作品十分严格。作画也是这样。他从不轻易下笔，但每当饮酒到了兴头上时就会握着画笔，在长廊的粉壁上尽情地挥洒。他常常拒绝来购买他字画的人，有时根本就闭门不见，即使是富豪和地位尊贵的人，他也丝毫不会顾忌。

有人劝说王绂不要这样，王绂这样回答说："大丈夫应该清楚自己所处理的事情，不重要的事情都像你说的这样，那重要的事情应该怎样处理呢？"这样看来，他书画作品中所流露出来的高远的气质与坚贞的品格，都是发自真心的。

打开《水墨小景》，一种雅致清丽之感便扑面而来。

看那崇山峻岭在云雾里若隐若现，山腰也被淡淡的烟雾所笼罩，一片朦胧。眼前的树木稀稀疏疏，等到哪天这山中放晴之时，这幽深的庭院一定会有别样的景致。远处的亭子少有人来，可能因为是秋天的缘故吧，一种萧瑟寂寥之感在整个画卷里弥散。

不为千金执画笔，只向真心吐芳音

王绂虽然人生时光一半在官场，一半在山林，但他的整颗心始终都是在书画艺术上的。他的书画就像他的人格一样清高耿直，不随波逐流、落入俗套。

相传他住在京城的时候，一天夜里，他忽然听见有人在吹箫，那清脆的声音和悠扬的旋律打动了他，于是就乘兴画了一幅《石竹图》。第二天早晨，他找到昨晚的吹箫人，想要把画送给他。可那人是个商人，他用红色的毯子作为赠物，想请王绂再画一枝竹子配成一双。王绂听了之后非常生气，拒绝了那个人的礼物，并且还要回了已经赠出的画，把它撕得粉碎。

还有一次，黔国公沐晟向他求画。王绂退朝后，黔国公沐晟从后面喊他数声，他都没有回答。同僚告诉他说："喊你的这个人可是黔国公，你怎么不应声呢？"王绂回答说："我听见了，故意的，他只是要向我索画。"果不其然，沐晟跑过来求王绂为他作画，但王绂也只是点头敷衍而已。过了好几年后，沐晟又来信求画，王绂这才为他作画。画完之后他又思量了好久，决定将画转赠给朋友平仲微，让黔国公向他的朋友去要。

一个不汲汲于富贵、不谄媚于权势的画家，用自己独有的高傲与倔强守护着文人士大夫的尊严底线。这首题画诗中所表现出来的气韵和雅致其实就是王绂特有的性格。

首句"云山淡含烟"中，诗人将"云山"拟人化，好似口中含烟的雅士，与诗人平等而立。这种拟人化的表现手法非常自然，生动形象地写出了秋季山景多云多烟雾的特点。次句"疏树晴庭日"笔锋一转，将视角从远山转到庭院和树木，通过畅想天气晴朗时的庭院和树木，引起读者的无限遐想与深思。

第三句"亭虚寂无人"中，诗人点明了亭子"虚寂"的原因，原来是因为山林此时人烟稀少、往来游人不多才导致的。这样的解释合情合理，既写出山林的空旷寂静，也从侧面写出作者内心渴望有知己与自己一同欣赏眼前美景的心情。尾句"秋光自萧瑟"中，诗人将这满腔的空虚寂寞都给了秋日风光。"萧瑟"本是拟声词，这里用来形容风吹树叶的声音。风吹树叶，叶落归根，树叶的沙沙作响更衬托出山里环境的冷清、凄凉，与上句的感情基调正相吻合。

整首诗清丽高远，通过对环境的描写反映了诗人胸怀山水、真心待物的心境。那空灵神秀的意境是发自诗人内心的，给后辈们留下了追求艺术的标杆。

陈淳 茅堂幽僻人嚣远，一片闲情对野鸥

雨窗即景图轴

[明]陈淳

山敛云舒水自流，板桥斜搁岸东头。

茅堂幽僻人嚣远，一片闲情对野鸥。

陈年青藤酒满杯，淳朴氤氲醉白日

陈淳，明代画家，字道复，号白阳，长洲（今江苏苏州）人。他是"白阳"画派的宗师人物，在画史上与徐渭并称"白阳青藤"。他的画笔力质朴，而且收放自如，深受沈周影响。现在民间少有他的作品流传，主要散见于各大博物馆，另有著作《白阳集》传世。

陈淳出生在一个典型的文人士大夫家庭，他的父亲陈钥与文徵明有着二十余年的友谊，所以后来他就拜在了文徵明的门下，当了文徵明的入室弟子，诗文、书法、绘画尽得文徵明的真传。

他在少年时期就开始作画，作品以水墨写意为主，画面构思十分简朴。他还常以淡墨来表现一花半叶的奇绝疏斜、凌乱有致，颇得文人士大夫阶层的青睐。

陈淳早年的笔法精美细致，中年后画风开始变化，变得雄阔放纵，自成一格。他是文徵明门下声誉最高的学生，在绘画花卉方面的造诣甚至超过了自己的老师，对水墨写意花鸟画的发展作出了重要贡献。

胸敛山水云自舒，满目闲情对野鸥

也许是早年受父亲喜欢道教的影响，中年以后的陈淳思想发生了转变。在仕途不顺的情况下，他抱着儒家"达则兼济天下，穷则独善其身"的理想信念，开始变得安贫乐道、淡泊名利，甚至萌生了归隐山林、寄情山水的想法。他曾作诗写道："平生自有山林寄，富贵功名非我事。竹杖与芒鞋，随吾处处埋。世缘何日了，误却人多少。毕竟到头来，逝波曾复回？"而后他将自己全部的热情和力量放在了书法和绘画艺术上。

展开眼前画轴，原来是一幅《雨窗即景图》。雨后的山色一片朦胧，打开窗户远远望去，山林那雄伟神秘的姿态瞬间映入眼帘。看着远处山间变幻的云朵和任意流淌的溪水，一下子就忘却了凡尘俗世的烦忧。近处的木板桥斜架在山溪之上，连接着水岸的东西两头，这头便是画家所居住的环境清幽僻静的茅屋草堂。

闲来无事时，他常常站在窗边欣赏山野的鸥鹭飞鸣，身心得到了极大的放松和宽慰。这里远离尘世的喧嚣和红尘的熙熙攘攘，身处其中，自得其乐。

一心济世却无术，仕途谋生终欠缘

陈淳生活在物力充盈、社会安定的明代嘉靖年，与那些乱世隐士和时运不济的落魄文人有着本质的区别。他之所以会放弃仕途，归隐山林，完全是出于他自身放任不羁的性格和厌恶官道险恶的心情。生活在乡村山野中的他，沉醉于自己笔下生机盎然的水墨世界中，感受着万物的神奇变化，领略着大自然的无限风光。

陈淳的山水花鸟画渗透着文人雅士的高洁品质，反映出自我人格中追求安宁恬淡的精神信仰，表达了人与自然和谐相处的至高境界，也抒发了他纵情山水、自得其乐的雅趣。

陈淳晚年作画时的技法更加灵活多样，他杂糅了百家之长，将书法艺术与文人山水花鸟画相结合，双钩、钩花点叶、晕染等技法无一不收放自如，最终他在书画上达到了自成一体的新境界。就连他的老师文徵明都大加赞赏道："吾道复举业师耳，渠书画自有门径，非吾徒也。"

文徵明还在《陈道复墨笔花卉卷》中对自己的学生做过点评："陈道复作画，不好楷模，而绰有逸趣。故生平所制，无一点尘俗气。"看来，最了解学生的莫过于老师。

在这首诗中，首句分别用"敛""舒""自流"写出了青山的妩媚、白云的妖娆和溪水的清澈。一个"流"字让整个画面都动了起来，仿佛悠然的景致就在读者面前。次句"板桥斜搁岸东头"中，随着方位地点的变化，诗人马上转换了视角，将读者带入眼前画境中。虽然板桥铺得有一点"斜"，但也与这周遭的环境完全相宜，毫无突兀感。这里也通过诗人对眼前景致的满足反映出他所追求的特立独行、自得自乐的精神境界。

第三句中点明了诗人的居住环境，虽然只是茅屋草堂，但胜在偏远僻静，远离喧嚣嘈杂的人群。这句诗与东晋隐士陶渊明的"问君何能尔，心远地自偏"不同，诗人在诗中表达的是自己追求身心的全部解脱，只有这样才能远离俗世，得到肉体和精神的双重解放。

最后一句诗人用"闲情"来自嘲，虽然眼前只有野鸥，但他也能自得其乐。面对这宦海沉浮，倒不如将这份心思用在与世无争的"野鸥"身上。欣赏着自然界中的景物，追寻着内心中的真实，即使是山中野禽飞舞鸣叫，都能让人悟出生活的真谛，感受真正的快乐。

王宠 百丈飞泉洒面凉，桃花片片泻沧浪

题文徵明仿李唐沧浪濯足图

[明]王宠

百丈飞泉洒面凉，桃花片片泻沧浪。

道人白足元无垢，自爱空山日月长。

王氏雅宜诵思文，宠恩八试未曾得

王宠，明代书法家，字履吉，号雅宜山人，世称"王雅宜"，长洲（今苏州）人。他博学多才，不仅诗文书画俱佳，还擅长篆刻，与祝允明、文徵明并称于世，被誉为"吴门三家"。著有《雅宜山人集》等。

王宠年幼时天资聪颖，曾拜书法名家沈明之为师。但无奈命运总是喜欢和人开玩笑，自正德五年（公元1510年）起，他一共参加了八次乡试，却屡试不第。他的诗文、书法的成就都比较高，在当时名声很大，所以不少一同参加考试的学子都

追着请教他，他也毫不吝惜地将自己的经验倾囊相授。

受过他指点的学子纷纷金榜得中、步入仕途，可唯独他自己始终与仕途无缘，生活日渐困顿。后来，他决意在山中隐居，过起了乐在山水中的生活。正是由于过往怀才不遇的经历，所以王宠在艺术上就形成了疏淡空灵、萧散洒脱的风格，为后世文人所推崇。

性本自爱空山幽，沧浪水凉亦濯足

这首题画诗是诗人为自己那位曾"七试不第"的好友文徵明所作。诗题中的李唐为南宋文人山水画的大家。

"沧浪濯足"这一典故是画家常用的题材，出自《楚辞·渔父》：屈原在放逐时碰见了一名老渔翁，两人通过对话展现了各自不同的价值观和处世哲学。渔父本意是让屈原随遇而安，隐居避世，可屈原最后却选择了以身殉国，用生命捍卫自己所坚持的正道。因此后世经常以"濯足沧浪"比喻高洁的情操，文人书画中更是常以此题材表明自己与世无争，不为尘世所染的高风亮节。

高山耸立，山石青绿，百丈高的悬泉瀑布从峰顶泻下，从远处看就像一条质地轻薄的白绢挂在了山上。那瀑布的水落下时激荡着水潭，从山间吹来的风夹带着凉爽的水汽扑面而来，让人顿感心旷神怡。半山腰的桃花竞相开放，朵朵花瓣娇妍似霞，粉红可爱。一阵风吹过，那轻盈的花瓣就飘落溪水之中，随着水流从高处落下，落到泛着水花的潭中。

山麓之下，水潭之畔，一个宽衣大氅的道人脱去鞋袜，坐在潭边。只见他上衣半脱，卷起了裤脚，将一双脚放在潭中洗涤，他这么做也许只是为了感受这山溪的清凉吧。隐居在这样幽静的山林中，时间仿佛都已经静止了一般，只有日日看见的青山一直在眼前……

空山自有日月长，山林泉溪最清凉。这首题画诗完美地再现了文徵明画中的意境，再加上王宠飘逸的书法，整个作品高度统一、意境无穷。这首题画诗中不单单有诗人自己志趣理想的表达，更是道出了画家心中所想，那种安逸闲适的姿态和高洁淡然的心态跃然纸上。

首句"百丈飞泉洒面凉"不仅从侧面写出了山势的高峻，而且充分调动了读者的感官，将体验描写得十分真切，仿佛那清凉的泉水已经扫到了读者脸上和心上一般，渲染了山间清凉之感。次句"桃花片片泻沧浪"中的"泻"字具有强烈的动感冲击，突出了悬泉瀑布那种抑制不住的力量。"桃花片片"好像可数一般，把山溪点缀得格外可爱，这种细致的描写让本来清冷的泉水产生了让人想亲近的冲动，为下文写道士濯足埋下伏笔。

第三句"道人白足元无垢"颇有哲理意趣。"元"即"原"，是本源之意，这里就不单单是在说脚不脏，而且也是在说他整个人内心清净，不会被外物尘世所浸染。"垢"也不单单说的是附着于身体上的脏东西，还包括尘世间的私欲杂念和纷纷扰扰。

在之前的铺垫下，最后一句"自爱空山日月长"道破"天机"：道人之所以能做到不被外物所侵扰，是因为他早已将自己的人生都放在了山林之间，性空如山，那日月的交替和时序的变更在他眼中已经是永恒了。

周天球　孤峰矗矗当青天，吴楚临高一望连

吴楚一望图

［明］周天球

孤峰矗矗当青天，吴楚临高一望连。

万里江流衣带水，夕阳时送出巴船。

周行天下思瑶璧，球落昆山玉无暇

周天球，明代书画家，字公瑕，号幻海，南直隶太仓（今属江苏）人。他早年曾随父亲迁居苏州，向文徵明学习书画，在吴中地区远近闻名。

周天球在艺术上得到了大家指点，文徵明赞其曰："他日得吾笔者，周生也。"他尤其擅长画兰花，笔下的兰花清劲飘逸，笔势一波三折，笔力也老辣苍健。《明画录》中曾记载："墨兰自赵松雪(赵孟頫)后失传，惟天球独得其妙。"意思是说他能够再现已经失传了的赵孟頫画兰草的技法。

展开画卷，江水山色映入眼帘。几座孤零零的山峰高耸矗立，遮住了远处的青山。山峰有明有暗，线条硬朗，将那开阔的江面分割开来。平静的江水上浮着一叶扁舟，舟上有位雅士正临江远望，将眼前这山景江色尽收眼底。

小舟之上，吴楚之地，江水连绵，风光大美。那江连着山，山靠着江，水天一色，好像没有尽头一般。虽然远山能遮掩住青天，但却遮挡不住这滚滚江流。狭长的江水像一条衣带一样，系在这雄伟壮丽的群山之间。每到傍晚的时候，江水都被夕阳染得金灿灿的，如流金一般急流而去。一个人身处这样雄浑壮阔的景色中，即使仅仅随意的一瞥，也能在心底收获无限风光。

山水壮色有雄浑，风光无限在诗文

这首题画诗中前两句虽然是对画面景色的直接描写，却也加上了诗人自己的看法。他运用夸张的艺术手法写出了山势的高峻，回眼一望，那辽阔的吴楚美景仿佛将相隔千里的二地相连。诗句中蕴含着雄浑的气势，补充了书画的空间局限性，带给读者无限的遐想空间。

"万里江流衣带水"一句，使视角由大到小。诗人把万里江水比作缠绕在青山间的一条衣带，将气吞山河、一眼万里的大气魄化为一衣带水的小境界，让读者感受到绘画景色之外的奇妙美感。

　　最后"夕阳时送出巴船"一句中的"送"字十分生动，诗人将巴水当作夕阳下送别的友人，给读者一种格外的亲切感，整首诗文读下来犹如余音绕梁，回味无穷。这就是身为画家的周天球在创作题画诗时所独有的美感，它也是诗人独特的艺术加工下产生的奇妙效果。

　　不难看出，题画诗的出现让中国画披上了浓厚的文学色彩，诗中有画、画中有诗自此便成了赏析文人画的一种创作追求或审美理想。画家既作诗又作画，不仅能起到开阔视野的作用，而且还起到丰富画面的意念和启发观赏中国画的想象作用。

董其昌　山居幽赏入秋多，处处丹枫映黛螺

红树秋色图

[明]董其昌

山居幽赏入秋多，处处丹枫映黛螺。

欲写江南好风景，雪川一派出维摩。

董生其诗入颜骨，昌然华亭出疏旷

董其昌，明代书画家，字玄宰，号思白，松江华亭（今上海闵行区马桥）人。他能诗善文且自成一格，因信仰佛教，所以自号"香光居士"。他是"华亭画派"的杰出代表，尤其擅长山水画。他笔下的山水清秀恬静，明快俊朗，整体上用青绿色调配色，画面古朴而典雅。

现存世画作有《岩居图》《秋兴八景图册》《昼锦堂图》《白居易琵琶行》等。

明朝万历年间党争不断，朝廷政局混乱，可董其昌却能凭借

自己在政治上的长远眼光，进退得宜。他从三十五岁步入仕途到八十岁彻底告别官场，一共为官十八年，先后归隐长达二十七年之久。在他归隐的27年中，除研习经史之外，还热衷于与同僚诸友切磋书画技艺。特别是在回松江养病期间，正值四十岁盛年的他，闲居林泉，兴致悠然，创作了不少描绘江南秀美风光的佳作。

独居山林赏清幽，红树丹枫一叶秋

董其昌有一位小他7岁的至交好友，叫袁可立，二人家乡虽相距千里，却能同窗共读，结为知交。相传董其昌早年参加科举却屡试不第，心情十分郁闷。一天夜里，他忽然梦到一位神仙前来，告诉他说："你必须等待袁可立与你同考，你才能榜上有名。"醒来后他将信将疑，四处查访，果然找到了这个叫袁可立的读书人。得知袁可立家中贫穷恐无力上进后，他就将袁可立带回家中亲自课读。他们二人真诚相交，情谊深厚，虽然在仕途上同样是坎坷多艰，几起几落，但好在一直休戚与共。只不过董其昌面对仕途不顺、政局动荡，主动选择了归隐田园。就像他隐居山林时所画的《红树秋色图》一般，他将自己人生的色彩全都留在了书画间。

打开这幅《红树秋色图》，一眼望去，风景无限。入秋时节的山中景色很美，树木的叶子被秋风染成了各种颜色，山间的空气也清爽了不少。这时候想要进山幽居短住、欣赏秋天山色的人也渐渐多了起来，满山都可见似火一般通红的枫叶，它们把青山点缀得一处一景，十分可爱。董其昌作画强调写意，注重意境抒情。他常常在画上题以诗文，内容蕴藏禅理，意境深远，作品也因此成为文人画追求意境的典范。

这首题画诗首句表达了人们享受幽居的快乐心境，从侧面渲染了山中秋景萧瑟迷人的特点。次句中的"黛螺"本是古代妇女的淡青色眉毛，这里指代青山，"丹枫"是山上红色的枫叶。这种颜色的反差描写，让整幅秋景图更有层次感。

第三句中，诗人用"欲写"二字很自然地过渡到了下句，并与之前写景的两句相呼应。末句"雪川一派出维摩"除了在结构上顺承了上句诗意之外，还融入诗人对诗歌创作流派传承的讨论，这里的"维摩"指唐代大诗人王维（字摩诘）。诗人在阐述诗画艺术表达的基础上表明了自己的态度：他更推崇以追求意境而闻名的山水诗派。

丹青妙笔米家山，涂抹生气有禅意。董其昌作画虽然强调以古人为师，但他却反对一味机械地模仿抄袭。在早期的绘画生涯中，他还曾向古人学习，但随着阅历的增加和思想逐渐成熟，他开始在绘画中融入自己的创意，将汲取来的众家之法化归己用，融合变化，达到了自成一家的境界。

他在题画诗中曾提到：一幅好的山水画作品，要求画家只能用墨，通过各种技法的使用去表现山石的姿态和情状。所运用的技法少许即可，能自然地表现景物就好。在运笔描绘时，所画的景物要有生气，不能死气沉沉，否则就会失去物体自身的灵气与神韵。只可惜现在的画家，已经没有几个能认识到画中所要表达的那份幽深的禅意理趣了。

　　一幅米家山，纯以墨为戏。

　　少许胜多许，涂抹有生气。

　　于今丹青手，罕识画禅意。

　　这首题画诗是诗人自己平生所悟的绘画经验。首句"一幅米家山"中的"米家山"指的是宋代书画名家米芾，他在画史上有"米家山""米氏云山"和"米派"之称。

　　相传米芾爱石成痴，甚至与石结拜，故有"米癫拜石"这一典故。诗人化用这一典故是要告诉后人在提笔画山之前，必须要做到心中有石。

　　第二句"纯以墨为戏"中的"戏"指的是肆意不拘束的状态，诗人这是在告诉创作者在绘画时要达到游戏笔墨、灵活运用的境界。

　　三、四两句中，诗人通过多与少的对比，向后人说明绘画时用笔的特点：只有简洁直当才能"涂抹有生气"，保持所描绘景物的鲜活神韵。诗人将至高的画理放在了最后，意在向绘画者说明一个道理：画里有禅意并不是谁都能做到的，画家必须独抒性灵，将自己全身心地置于自然之中，这样才能独具一格。

陈继儒　雨过石生五色，云度山余数层

云山图

［明］陈继儒

雨过石生五色，云度山余数层。

时有炊烟出树，中多处士高僧。

陈文继世传道久，儒生书画一片天

陈继儒，明代书画家，字仲醇，号眉公、麋公，华亭（今上海松江）人。他是明代著名的隐者名士，因仰慕"二陆"（陆机、陆云）的才学而为他们建庙祭祀，遍植名花于堂前，名为"乞花场"，意思是向四方乞求名花。他自幼就天资聪颖，青年时凭借着书画上的天赋，多次被朝廷下诏征用，但他都以身患疾病需要休养为名推辞不就。父亲去世后，陈继儒就移居到了东佘山，在山上修筑"东佘山居"，过起了闭门自修、著书立说的隐士生活。他虽然隐居避世，但与三吴名士仍有来往，这其中也不乏官宦富绅，时人对此常有讥评。有人说陈继儒假借"隐士"高名，却周旋于官僚豪绅之间，此举实为"终南捷径"。可当无锡的顾宪成邀请他去东林书院讲学时，他却再三辞谢，最终没有出山前往，可见他还是不慕名利、真心归隐的，"眉公"这一称呼也并非浪得虚名。

更难能可贵的是，陈继儒虽人在江湖，但他却始终心系天下苍生，对地方政治得失和百姓的民生疾苦也多有建言。正是在他极力劝阻下，当局才没有搞劳民伤财的郡城扩建工程，并免除了县民缴解王府禄米的徭役。难怪黄道周向崇祯帝上疏时曾写道："志向高雅，博学多通，不如继儒。"这样的评价陈继儒亦当之无愧。

身为隐士，陈继儒一生追慕风雅，自在洒脱。但他也有搞笑的一面。他在自己还健在的时候就撰写了一篇《空青先生墓志铭》，这里面的文字内容让人读罢忍俊不禁。其文写道："未殁之前，召子孙宾朋曰：'汝曹逮死而祭我，不若生前醉我一杯酒。'于是子孙宾朋雁行洗爵，而以次第献先生如俎豆状。先生仰天大嚼，叱曰：'何不为哭泣之哀！'于是左右皆大恸。或为薤歌以佐觞，歌愈悲，酒愈进，酒愈进，歌愈合。"

大意是他想看看自己的葬礼，于是就召集了家人朋友，提前预演了一下。他还把祭奠的酒水和供品扫荡一空，指挥大家悲泣痛哭，自己却在一旁手舞足蹈。

陈继儒十分崇拜书画家米芾，他有时甚至还玩世不恭地去故意模仿米芾的言行举止和处世方式，十足的"迷弟"一个。他在《〈米襄阳志林〉序》中曾记录下偶像临终时的细节："公（即米芾）没于淮阳军，先一月，尽焚其平生书画，预置一棺，焚香清坐其中，及期举拂，合掌而逝。吾视其胸中，直落落无一物者，其圣门所谓古之狂欤？"

清人毛祥麟的《对山书屋墨余录》中记录的关于陈继儒临终时的情景，简直和米芾如出一辙："闻其易箦时，出名香二升许，令侍者煎汤沐浴。浴竟披衣，医士许龙湫抱之登榻曰：'先生将羽化矣。体甚轻。'公遂索纸笔书语云：'大殓小殓，古礼拘束。后之君子，殓以时服。我其时哉，毋用纵縠。长为善人，受用永足。'书已，投笔而逝。"一个人连自己偶像去世前的淡定从容都模仿，这样的人也算是人间少有。

这个性格可爱的隐士在东佘山里一共隐居了三十五年。他的生活非常简单，每天就是听泉品茗，著书论道。他对人一向平等，毫无清高傲慢之态。无论你是达官显贵还是贩夫走卒，他都一视同仁。他的一生都在追慕风雅，用多才多艺参悟生命，古人"小隐隐于野，中隐隐于市，大隐隐于朝"，大概就是说的他了。

烟雨过石藏五色，云山深处隐士僧

陈继儒与董其昌两人既是好友也是同乡，他们两人一个退隐避世，一个当朝为官，共同创立了中国文人山水画的"南北宗"学说，并流传至今，对后世画坛影响甚大。

董其昌虽然虚长陈继儒三岁，但人生和成就远没有陈继儒精彩。两人曾一同参加应天府举行的科举考试，可双双落败。之后连续三次还是考不中举人的陈继儒愤怒之下"谢去青襟"，从此隐居山林，过着闲适安逸的生活。而好友董其昌却越挫越勇，凭着持之以恒的韧劲，在仕途上大放异彩。

陈继儒在东佘山隐居的日子过得十分丰富多彩。在读书写诗作画的间隙里，他常常写文来抨击时事政治，一副身隐心不隐的姿态。而好友董其昌则像他在《东佘山居图》中所题的："郗超每闻高士有隐居之兴，便为捐百万资办买山具，予于仲醇以此赠之。"也多亏有董其昌这样一个经济宽裕的知心好友救济，陈继儒的生活才能过得比较滋润。

董其昌在持节封楚藩的归途中曾突发重病，好友陈继儒特地赶来看望。见友人前来的董其昌心生欢喜，病立刻就好了一大半，二人竟颇有兴致地在夹室中赏起了画。

后来董其昌为方便与陈继儒相聚，竟然在宅中特意为陈继儒建造了一座"来仲楼"。楼建好后，他常邀陈继儒前来阅览诗画，经常好几天都不下楼。二人有太多的共同语言和理论观点，这些都被陈继儒用笔统统记下。董其昌身为官员需要经常出差，但一旦有闲暇时间，他都会回松江与陈继儒见面。陈继儒喜欢收藏，其中收藏最多的就是好友董其昌的艺术作品。有多少呢？用他的话说"玄宰，不暇记"，这句话的意思就是"不计其数"了。

二人的友谊表面上看是因为有共同的兴趣爱好，实际上是因为二人身上有着相同的人格。董其昌是官场上的陈继儒，而陈继儒却是山林中的董其昌。就像陈继儒为其《云山图》自作的题画诗中所说的："时有炊烟出树，中多处士高僧。"他俩究竟谁是处士，谁又是高僧呢？

山间大雨过后，天空中出现了美丽的霓虹，将山上的岩石都镀上了炫目的色彩。白云就在山腰间飘荡，虽然看着层次分明，但细数时却也数不清究竟有几层。山里时不时有袅袅炊烟飘出，环绕着山间那茂密的树林久久不散，这其中一定隐居着众多的隐士和得道高僧。可林子这么幽深，再加上这茫茫的烟云，也不知他们究竟身在何处。

处士高僧不慕名，山间烟雨自有情

如果明朝有"微信朋友圈"和"心灵鸡汤文"，那么你每天看到最多的状态，一定都是陈继儒写的。他的代表作《小窗幽记》是小品中的小品，更是明代末期的"畅销书"。书中那清新的语言、精悍的文字和充满智慧的处世道理、警句格言，能让"上到九十九，下到刚会走"的人都受用不尽。在这首题画诗中，诗人想要表达出的就是一股追慕隐士、向往山林的隐逸之风。首句"雨过石生五色"用雨过之后石头生出颜色来暗指天上霓虹的颜色，营造了山林清新的风貌。次句"云度山余数层"中，诗人通过描写云卷云舒和山势隐现，烘托画面整体的朦胧境界。

第三句"时有炊烟出树"中的"时有"表示不常有，"炊烟"隐喻此地虽人迹罕至，但也有人烟。诗人通过描写炊烟绕树写出了树林的茂密，既为下句埋下了伏笔，又从侧面说明了此地有人居住，一举两得。尾句"中多处士高僧"是诗人自己内心的揣测，在承接上句的同时也表露出诗人追慕隐士、心恋山林的真实想法。

陈继儒一生标榜清流，交人甚杂，甚至入俗颇深，但他却能二十年不入城市，单凭这自律的能力和抗拒诱惑的定力，也够得上"隐士"之名了。

李日华 草深水暖鱼迷窟，花落泥香燕作家

题沈翠水画

[明]李日华

醉翁酣墨如酣酒，白云乱负青山走。

临泉气岸倾王侯，子久胸襟叔明手。

李花映日白胜雪，华文就酒醉满怀

李日华，明代画家，字君实，号竹懒，又号九疑，浙江嘉兴人。他是明朝万历年间进士，当时著名的风流雅士，以著作多、别号多而出名。他曾在朝为官十六年有余，但赋闲在家的时间却长达二十七年之久。

李日华精通书画，绘画风格受北宋画家董源和宋元画家巨然、吴镇等的影响，格调高远矜持，画风散淡，所绘山水墨竹自成一家。现存世的书画作品有《宿迁水溢图》《枫林钓舸图》《仿古山水》《竹懒三绝》《兰石图》等。李日华性格平易淡泊，

整日纵情于山水，与世无争。他还时常同闲居在江南的众多明代遗民画家、名士饮酒作诗以抒情怀，并收集整理了大量的民间闲闻轶事。他虽书画稍逊于董其昌，博雅略输于王惟俭，但他却兼收了两位好友的长处。他的绘画作品《宿迁溢水图》运用写实的笔法，描绘了明朝黄河决堤时宿迁水溢之灾的场景，成为第一个用图记录宿迁溢水的画家，这幅画也成为一幅传世名作。

作为一位江南名士，李日华的诗歌与绘画中都透出一种江南文人独有的审美趣味，细腻儒雅，含蓄内敛，精致雍容。他通过灵性的笔触将自己深厚广博的文化底蕴表现在作品中，向后世展示了自己闲适淡然的情怀。

李日华喜欢饮酒，每到山中桃花盛开的时候，他都广邀名士，在自己的紫桃轩书斋中共饮桃花酒，下酒之物便是他们满腹的才华和广博的学识。他们通常从西晋时期的文章开始研究，诵读千古饮者刘伶写的那篇《酒德颂》。读罢刘伶的文章，这群欢聚雅饮的明代士子们不仅知晓了饮酒的高妙，还感受到了来自千年之前"竹林七贤"的浪漫与洒脱。

而后他们又拿出了元朝书画名家赵孟頫的《酒德颂帖》进行品评。董其昌评价道："行草书中，章草笔意，则有潇洒、精巧之风，颇具创意，不愧元大家赵孟頫秀逸章草之作。"众人连连点头称是，在一番品评中又得到了前人书法的神韵。

在诗情酒意的催化下，聚会的气氛被推到了顶峰。李日华诚邀董其昌书写刘伶的名篇《酒德颂》，董其昌借着酒兴正浓，也不推辞，欣然执笔而书。虽然书写时与原文有些出入（如"醒"写成了"醉"），但与他以往所写的书法作品相比，毫不逊色。写完之后大家拍手称快，董其昌也是一时得意。李日华在点评作品时说："虽有几字出入，当为瑕不掩瑜之美也。"这本是一番因酒结缘的雅聚，最后竟也因为这些文人雅士的书画而流芳百世。

酒中高妙尽书画，醒时深情付山水

李日华的诗歌风流明朗、潇洒跌宕，往往能用平实晓畅的语言构造出清新不凡的意境。特别是他的题画诗，因为大多与饮酒有关，如今读来别有风味。他在《题画长幅》中曾用"休将物色撩诗句，且读闲书纵酒杯"一句来写自己钟情于酒，在《辛亥春莫题扇与细君》中用"家住江南杨柳村，春来酿得百花樽。平生解笑刘伶妇，酒国同游胜鹿门"来写自己羡慕先贤豪饮，还在《题画尔瞻扇》中用"瓦盆注酒，石盆注墨。酒尽墨酣，颠倒狼藉"来写自己酒后洒脱醉态。

打开眼前这幅沈翠水的山水画卷，一派江南美景映入眼底。这飘逸的笔法好像是一个喝醉了酒的老者趁着醉意，随意挥洒出来的一样。画家对于笔墨的喜爱就应该这样，要像好饮酒者一般逢饮必醉。看那山间飘浮的白云，随意而洒脱，好像要把那青山背走一般，整个画面也似乎活了起来。山上的泉水倾泻于山峰之间，扑面而来的水雾让参差的河岸时隐时现，就算是王侯贵胄来此，也一样会被眼前的美景所倾倒。一定要兼有黄公望一样的胸襟和王蒙一样灵巧的手才能拥有这样高超的绘画技巧，才能做到心中有物、笔下状情的境界！

　　这首题画诗意境深远且富于动感变化，是借沈翠水的山水画作品来研讨书画的理论。诗人将饮酒比作画，深入浅出，之后又通过描绘画中的风景，给予画家高度的赞美。首句"醉翁酣墨如酣酒"中，诗人以喜好美酒来比喻热爱作画，因为二者都需要沉醉其中才能达到这一境界，这样的描写十分生动形象且易于读者理解。第二句诗人运用了拟人手法，通过运用"负""走"这样的动词将画中静态景观写活，让整个画境与诗意相融合，动感十足。第三句"临泉气岸倾王侯"用"倾王侯"这三个字形象地表达了画面的气韵雄浑，这足以让见过大世面的达官显贵们倾倒，我们也由这句话可以窥见画家绘画技巧的高深莫测。

　　在末句"子久胸襟叔明手"中，诗人将元代两位文人山水画大师黄公望和王蒙进行对比，凸显了画家善于观察、笔法细腻和文字蕴含情思的特点，是对其极大的褒奖。

清风吹醒昨夜酒，兰竹芳枝香吐露

李日华一生除爱饮酒外，还喜欢画兰竹。他认为兰竹的主题最活泼可人，也是绘画中最能锻炼绘画者笔力和笔法的题材。自古兰竹就是书画界长盛不衰的主题，到了元、明、清时期，画兰竹的文人就更多了。虽然各有各的长处和方法，但能在其中脱颖而出、出类拔萃的也只有很少的一部分，李日华堪称这一领域的大家。

他的题画诗中除有兰竹的题材之外，还有饮酒的题材，比如"一枝香露能醒酒，几叶清风伴读书""飒然清风来，醒我昨夜酒""忘却酒瓢深草裹，醉醒月出又来寻"等等。这位雅士在歌颂兰竹时还是忘不了饮酒，可见二者都是他的真爱。

李日华还曾自题过一幅《谷雨后一日写竹》，诗曰："草深水暖鱼迷窟，花落泥香燕作家。别有清森映眉目，读书窗外几竿斜。"这首题画诗的境界十分清新淡雅，颇有情志。

谷雨之后，庭院一角的竹子长得更加翠绿可人了。这时的草正在恣意生长，漫道而上，遮蔽了庭院中的青石路。后院的池子里还养了几条锦鲤，水温逐渐上升后，它们开始变得活跃起来。鱼儿在水中自由自在地嬉戏，时而在水草间游动，时而钻入水下岩石的空洞中。微雨过后，花瓣散落一地，夹带着泥土的香气，氤氲在空气中，随风四处飘散。

归来的燕子又忙碌起来，在树梢和房檐间飞来飞去，到处衔干枯的树枝和清新的泥土筑巢搭窝。窗前的景色让作者在读书闲暇之余也别有情致，推开书房的窗户，眼前的美景伴着一股清新的气息涌入，原来是竹子发出的清新的香气。这首清新秀丽的题画诗显示出了江南文人特有的审美和喜好。诗人在整首诗中既渲染了雨后清新的氛围，又写出了万物勃勃生机的趣味。首句"草深水暖鱼迷窟"从侧面写出了季节的变化，将这一季节的典型景物一一列出，对"草""水""鱼"的描写既准确生动，又具有代表性，通过视觉上的直观感受带领读者走进画中。

次句"花落泥香燕作家"中又通过"花""泥""燕"等意象呼应上句中的"暖"，从嗅觉的角度出发，调动多方位感官，让读者仿佛置身画中。第三句诗人从物到我，用第一视角抒发了主观感受，将满目青翠直观地表达出来，显得真实可信。

最末句"读书窗外几竿斜"写出了自己读书环境的清幽雅致，环境"无声"的寂静伴着自然"有声"的清发，二者正相融合，相映成趣。

李流芳 千峰顶上直通云，一水人家别有村

画似雪岈师

[明]李流芳

千峰顶上直通云，一水人家别有村。

直到前山兰若路，清钟落日不逢君。

李树长蘅多清逸，流芳诗画飘檀园

李流芳，明代画家，字长蘅，号檀园，晚号慎娱居士、六浮道人。他不仅擅长作画，还精通诗文，与唐时升、娄坚、程嘉燧合称为"嘉定四先生"。

万历三年（公元1575年），李流芳出生在嘉定南翔的一户官宦人家。受家庭环境影响，李流芳青少年时就隐居在东林庵中刻苦读书，直到32岁才考中举人。后来因为党羽之争，他感觉心灰意冷、前途迷茫，于是便回到家乡，自建"檀园"，从此绝意仕途。退隐后的他常和友人纵情山水，饮酒绘画，作诗论

文，一派高人逸士风度。

江南风景画若禅，兰若路上暂别君。李流芳的题画诗语言清新自然，各有情状，无一不精工巧琢，情感真挚。黄宗羲曾评价他说："长蘅无他大文，其题画册，潇洒数言，便使读者如身出其间，真是文中有画也。"

眼前的山势高峻无比、雄奇凌然，好像直插云霄，看不到边际。江水环绕着山体，一直流淌向远方。诗人仿佛还看到水边有几户人家，原来在这样的清幽之地也有山村的存在啊。前面山脚下有一条寂静的小路，那里也仍有人烟。远处寺庙的钟声透过那山间凉凉的雾气传来，他才知道原来已经是傍晚了。本想迎着落日的余晖去找寻君子，可无奈始终没有寻得君子的踪迹。

画山画水总不似，意境意韵皆存真

李流芳在自己的绘画创作中，曾提出著名的"三不似"理论。他说："画会之真山真水总不似，画会之古人总不似，画会之诗总不似。"而做到了画中"三不似"的层次后，还要达到"萃造化、古人、诗境于一局，以不似求真似"的境界。

这种创作理论的实质其实就是不求形似而贵乎神似，将景色的写实与诗境的表达完美融合，达到高度的统一。这就要求诗人要善于打破传统文人山水画的固定程式，不停地创新，以求艺术的臻境。

诗歌首句"千峰顶上直通云"中，诗人通过"峰""云"营造了山峰耸立、云雾缭绕的氛围。其中"直"用得最是质朴平实，在见其真性的同时又从侧面写出了山峰高耸的姿态。次句"一水人家别有村"与南宋词人陆游的"柳暗花明又一村"有异曲同工之妙。

诗人通过一户邻水人家便猜到了山中还有村庄隐藏，这其中充满了见微知著、管中窥豹的禅理意味。第三句"直到前山兰若路"一句中的"兰若"一词，为寂静空闲、远离人间之地。末句"清钟落日不逢君"中，诗人道出了山中游历的目的——寻找一位君子。

他在寻找的同时也欣赏了秀丽优美的自然景色，何乐而不为呢？

弘仁 倾来墨沈堪持增，恍惚难名是某峰

题黄山图

［清］弘仁

坐破苔衣第几重，梦中三十六芙蓉。

倾来墨沈堪持增，恍惚难名是某峰。

弘扬慈悲化为僧，仁心一片留画中

弘仁和尚，俗姓江，名韬，字六奇，安徽歙县人。他是明末清初的著名画僧，早年曾参加过抗清斗争，明亡后就在福建武夷山出家为僧，号梅花古衲。

弘仁和尚精通书画，爱写梅竹，一生以山水书画闻名于世。他是"新安画派"的创始人，与查士标、孙逸、汪立瑞三人并称"新安四大家"或"海阳四大家"，与髡残、石涛、八大山人合称为"清初画坛四僧"。他的山水画学自宋元各家，其中他极其推崇倪瓒的绘画技法，加上十分注重对大自然的观察，因此

他的山水画总能带给人清新愉悦之感。

弘仁和尚自幼性格孤僻，虽然年少时家庭贫困，但他却十分孝顺母亲。他自小就亲近文学，喜爱绘画，在明朝末年考取了秀才。清人入关后，心怀报国之志的他参与到了抗清的斗争中。但明朝廷气数已尽，早已无力回天。为了躲避清兵的搜捕，他在武夷山出家当了僧人，皈依于古航道舟禅师门下，从此生活中便只有吃斋念佛和诗文书画。

黄山苔衣一重重，恍惚梦里开芙蓉

黄山号称"天下第一奇山"，坊间有"五岳归来不看山，黄山归来不看岳"的说法。弘仁和尚与此山颇有渊源，他的画作中有很多对黄山景色的描绘，笔法也被石涛称为"得黄山之真性情"。

画家查士标在题弘仁山水画中曾说："渐公画入武夷而一变，归黄山而一奇。"可见弘仁在绘画时对黄山景物观察敏锐，灵动传神地再现了黄山韵致。

弘仁与石涛、梅清同为"黄山画派"的主要代表人物。他常去黄山实地写生、构思取义，那里的无限风光给了他取之不尽、用之不竭的创作素材和灵感。石涛曾说："公游黄山最久，故得黄山之真性情也，即一木一石，皆黄山本色。"

弘仁和尚在《黄山图》中总共收集了六十幅以黄山为题材的作品，且是山中六十处不同的风景点，可见他对黄山是真的喜爱，恨不能将黄山各处名胜尽收笔底，堪称黄山写生第一人。这首题画诗就是弘仁和尚为《黄山图》所作的。

打开厚重的卷轴，黄山各处的风光尽收眼中，实在让人流连忘返。弘仁曾多次来到山中，走遍了这山中各处，也看遍了各处美景，山石上绿油油的苔衣也不知让他坐坏了几层。那黄山三十六峰像盛开的芙蓉花一般秀丽可爱，时常出现在弘仁的梦中。当他手执画笔饱蘸墨汁为其作画时，那一座座山峰就呈现在了宣纸上，为黄山诸峰平添了许多庄严静穆。

这首题画诗充分地表现出画家的观察力。在绘画创作中，画家在景物的把握上往往内化于心，再经过自己独特的艺术加工，笔底所画出景色就是全新的事物了。这种高度的神似与写意，就是所谓的"艺术来源于生活，但高于生活"。诗人将绘画理论巧妙地融入诗中，并用通俗质朴的语言把这高深莫测的理论传递给了读者，使读者更容易理解和接受。

首句"坐破苔衣第几重"，从侧面反映出画家来黄山次数之多，体现了画家实地观察景物和亲近大自然的重要性。次句"梦中三十六芙蓉"中的"三十六"指代黄山的三十六峰。元人洪焱祖在《新安广录》中曾写道："郡西北黄山有三十六峰，与宣池接境，岩岫秀丽可爱，仙翁释子多隐其中。"

所谓"日有所见，夜有所感"，画家遍访名山各处后，这三十六峰自然就在晚上化作朵朵芙蓉花，盛开在了他的梦里。这其实是诗人对自己所创作的作品艺术加工的隐喻，不仅生动形象，而且还易于读者理解。

第三句"倾来墨沈堪持增"中"沈"字是墨迹未干之意，承接了诗人上两句对绘画前期准备工作的描述。"持增"一词是指画家在描绘整个画面的基础上，还将自己的情感和思想融入其中，点石成金，达到了化腐朽为神奇的艺术效果。

尾句"恍惚难名是某峰"是整个绘画创作的最后一环，"恍惚"是仿佛、近似的意思，这里指画境所呈现出的景物已经与真实的山峰不同了。"难名"是因为所绘之物形体不肖，但还贵在神似。眼前画中山峰因为集合了三十六峰的各自特点，再加上统一于黄山雄奇的气质之下，所以根本分辨不出来具体是哪一座山了。

整首诗对黄山的实景进行了加工处理，由写实到艺术升华，由浅入深，循序渐进。作者将这一完整而清晰的创作流程深入浅出地展现在了读者面前，实现了诗境与画理的完美结合。

山中晚秋僧吟游，鸟尽溪寒月当头

弘仁和尚所绘山水在取景上往往清新雅致。他擅长用简朴俊逸的构图和苍劲整洁的墨笔，技法上也多采用折带皴和干笔渴墨。他极其推崇倪瓒的创作理念，主张作画要实地观察，用笔自然。除了写实之外，更难能可贵的是他不受倪瓒画法的约束，作品有别于倪瓒荒凉寂寞的格调。他善于运用富有生活气息的笔触，真实地传达出山川壮美新奇的神韵，形成了自己独特的清新俊逸之风。

弘仁还曾自题过一幅《老僧秋山图》，诗曰："画禅诗癖足优游，老树孤亭正晚秋。吟到夕阳归鸟尽，一溪寒月照渔舟。"打开画卷，远山薄雾，秋色苍茫，一幅清冷凄凉的画面映入眼底。

首句"画禅诗癖足优游"中，诗人开门见山地表达了自己喜好书画禅修、优游山川的独特性格。"癖"字是指因长期的习惯而形成的对某种事物的偏好、嗜好，这里也能从侧面反映诗人热爱一个事物所达到的程度。

次句"老树孤亭正晚秋"又将读者引回画中景物上，"老树孤亭"一词与"秋思之祖"马致远《天净沙》中的"枯藤老树"有着异曲同工之妙，都是通过罗列意象而营造出苍凉肃杀的气氛。"正晚秋"道出了山中季节，与前面景物正相辉映，奠定了整首诗孤寂旷远的感情基调。

第三句"吟到夕阳归鸟尽"中，诗人即景吟诗，描绘了自己眼前的景色。"夕阳归鸟"从侧面交代了山中时间的变化，很好地烘托了秋季山林傍晚时候的宁静与寂寥。

　　末句"一溪寒月照渔舟"中，诗人又将读者引到溪水和寒月之上，视角也逐渐由近到远。溪水潺潺汇入江中，水载渔舟映月而回，这是一幅多么清丽孤寂的画面啊，不禁引起了读者画外之思。

髡残　浮气须臾变，群峰幻出奇

浅绛山水图

［清］髡残

云蒸泽未知，隐见独多姿。

浮气须臾变，群峰幻出奇。

髡首求佛八十载，残年甘愿伴青灯

　　髡残，清代画僧，字介丘，号石溪道人，湖广武陵（今湖南常德）人。他在绘画上兼容并蓄，博采众长，不仅继承了"元四家"的创作手法，而且还发扬了王蒙与黄公望的表现技巧，形成了构图重叠繁复、境界壮阔幽深、笔墨苍劲沉酣的艺术特点，与八大山人、弘仁和尚、石涛并称为"清初四画僧"。现存世作品有《清髡残江上垂钓图》《报恩寺图》《层岩叠壑图》《苍翠凌天图》《雨洗山根图》等。髡残幼时便失去了母亲，出家为僧后，他就把一腔热情转移到了书画上。清人入关后，面对国破家亡、战火不断，他毅然选择了投身到反清的事业中，无奈最后以失败告终。为了自己曾热爱的国家和坚贞的名节，备受摧折之苦的髡残选择了避难林莽，躲入深山。

这段苦难的经历在他的好友程正揆的《石溪小传》中也有所记载："甲申间避兵桃源深处，历数山川奇辟，树木古怪与夫异禽珍兽，魈声鬼影，不可名状；寝处流离，或在溪涧枕石漱水，或在峦猿卧蛇委，或以血代饮，或以溺暖足，或藉草豕栏，或避雨虎穴，受诸苦恼凡三月。"

这段隐居山林的经历虽然备受挫折，但也给了髡残一次近距离接触大自然的机会。大自然千奇百怪的风光不仅充实了他的心胸，也为他以后绘制山水画积累了大量宝贵的素材。

"清初四画僧"的经历是一样的，他们都是明朝遗民。但髡残又别有不同之处，他只是个平民百姓人家出来的落魄书生，并没有深厚的背景和显赫的身世，这也更凸显出他爱国情怀的难能可贵。他是一个孤傲耿直且性情刚烈的人，正如他的好友程正揆评价的那样："性耿直如五石弓，寡交识，辄终日不语。"他做事情凭借的是满腔热血和一颗真心，想到就立刻去做，毫不迟疑。

他的好友曾这样记载髡残出家："一日，其弟为置毡巾御寒，公取戴于首，览镜数四，忽举剪碎之，并剪其发，出门径去，投龙山三家庵中。"据说，在他自行剃度的过程中，曾"大哭不止，引刀自难其头，血流被面"。这可能是因为他在目睹了眼前的物是人非后，感到复明无望，索性诸事皆空，遁入空门。

这样一个血性之人在面对国破家亡却束手无策时，该是多么遗憾啊，也许只有遁入空门才能让他得到解脱吧！

他曾自谓平生有"三大惭愧"："尝惭愧这只脚，不曾阅历天下多山；又尝惭此两眼钝置，不能读万卷书；又惭两耳未尝记受智者教诲。"其实，髡残和尚对于人生的追求是很简单的，就如同他的画一般。单单从精神层面看，他其实应该是那个天底下最问心无愧的人。

浅绛云蒸浮气变，山水群峰幻出奇

这首题画诗是髡残和尚为自己所画的《浅绛山水》而作。"浅绛山水"其实是山水画的一种，最大的艺术特点就是在色彩的运用上。这种山水画主要特别在颜色的运用上，通过填嵌使得画面整体上呈现出暖色调，给人以素雅青淡、明快清澈和俊逸空灵的感受与体验。

打开画卷，一股暖意瞬间就流入心田。沼泽里云流照影、水汽蒸腾，再加上水面微波荡漾变化，整个画面充满了未知的神秘感，显得独特而多姿多彩。那轻浮上飘的雾气在须臾之间就会发生变化，实在让人捉摸不透。远处连绵的群山身披青赭，被这蒸腾上升的水雾蒙上了一层奇幻的色彩，展现出了和平日里不同的风采。

笔流心血幽意袭，画隐真情常多姿

髡残和尚的构图章法稳妥和谐，严密繁复，丝毫没有压迫满塞之感。他的景色描画往往不靠新奇取胜，而是平淡之中见幽静。他在创作的时候多采用解索皴和披麻皴，运笔浓淡相宜，山川草木在他的笔下都仿佛有了灵性。这首题画诗从侧面展示的就是这种艺术风格。

首句中"未知"的境界来自诗人在绘画里对山泽云雾变幻的神奇渲染；次句"隐见独多姿"中"隐见"一词则写出了整个画面隐约朦胧的氛围。这种绘画风格是诗人独有情感的抒发，读者能直接体会到画中所表现出的浪漫风姿。

第三句"浮气须臾变"中的"须臾"指时间极短，这是全诗最大的亮点。漂浮的溪雾水汽在"须臾"间变化着形态，这种描写让静态的画作仿佛有了生命一般。最末尾"群峰幻出奇"一句中，诗人用"出奇"来描绘整个画面的效果。烟雾蒙蒙的笼罩之下，远处的群山若隐若现，好一派雄壮瑰丽的奇景。"幻"是由水雾造成的，有山势变幻之意，用一个"幻"字使整个画面的境界气韵陡然提升。"奇"字概括出了全诗雄奇的意境，这也是作为诗人和画家的髡残所追求的最高境界。

髡残和尚的山水画技法多仿效前人，用他自己的话说就是："若荆、关、董、巨四者，得其心法，惟巨然一人。巨然媲美于前，谓余不可继迹于后。"这里的巨然指的是北宋画僧巨然和尚。

髡残在画法上最擅长取百家之长，融入自己的独特创造。在向谢时臣学习的时候，他只取其雄浑的气概，对于他绘画拘谨的毛病一概不学。在学习元代四家以及董其昌的画法时，他又能"变其法以适意"，进行大胆的创新，注重个人情感的表达。

他还常"以书入画"，将书、画这两门艺术有机地融合在一起，加上他特别重视个人情绪的表达，所以一些早被先贤画惯了的题材一旦到了他的笔下，往往会别有韵味，独具一格。

查士标　片石太古色，虬松千岁姿

淡色山水立轴

［清］查士标

片石太古色，虬松千岁姿。

相看两不厌，共结岁寒时。

查寻雅士书画间，标致风韵出新安

查士标，清初画家，字二瞻，号梅壑散人，安徽歙县人。他擅长诗文书画，绘画深得米氏父子（宋代书法家、画家米芾及其长子——书法家、画家米友仁）神韵，而且又兼容倪瓒、黄公望、董其昌等人的画法，风格面貌多样，与孙逸、汪之瑞、弘仁等书画家一起被称为"海阳四家"。现有《云山图》《空山结屋图》《秋林远岫图》《云山烟树图》等绘画作品传世。

查士标是明代遗民，改朝换代后，他怀着对国家灭亡的无限伤感，专心于书画，不再应举。因为出身名门望族，家境殷实，家中藏有众多的钟鼎彝器和宋元书画真迹，所以他十分擅长鉴赏，这也培养了他敏锐的艺术眼光。

他与明代著名画僧弘仁和尚是同乡，早年十分信服弘仁和尚的绘画理念，在绘画之初与弘仁一样先学习倪瓒的画法。后来他搬到了扬州，还曾特意虚心向弘仁求教。由于他天性聪慧，并且在扬州时多与王翚、恽南田、笪重光、孔尚任、石涛等当时画坛和文坛名流结交切磋，使他的艺术水平上升到了一个新的高度。

查士标是一个拥有散漫气质的文人雅士，明亡后一直隐居在山中，后半生几乎是在四处流浪中度过的。据说他是个昼伏夜出的"夜猫子"，常常是白天睡觉，晚上作画。晚年的查士标画风豪迈超脱，虽然经常会有人说他的画缺乏道浑的气魄和创新精神，但他也算是自成一家，能做到仿古而各具其貌，杂糅多家技巧而直窥元人奥义。

他的山水画用笔疏简，墨色秀润，一派孤寂生僻的风格。据说他七十三岁时还在扬州与孔尚任、龚贤、石涛等参加春江诗社，八十多岁还保持童颜，卒于八十四岁。

石松古色且多姿，相看不厌岁寒时

"新安画派"是明末清初在徽州形成的以崇尚倪云林、黄公望画法而独辟蹊径、自成一体的画派，该画派在清朝追随者甚众，其中以孙逸、汪之瑞、弘仁、查士标为代表，号称"新安四家"。纵观新安画派中书、画俱佳者，那就要首推查士标了。查为仁曾在《莲坡诗话》中说："家二瞻书画两绝，名重天下。"《江南通志》中更评价他的书法精妙到"人谓米董再出"。

作为明朝遗民的查士标广交同好，与同为遗民画家的龚贤的友谊长达三十年之久，他们在诗文和书画上经常沟通交流，彼此都从对方得到了许多心灵上的慰藉。

查士标的诗画中有许多对大自然造化的切身领悟，在领悟的同时往往又将个人感情孕育其中，表现出对世俗的淡远之意，龚贤也因此称他的画为"天都一派"。天都是黄山的一个著名山峰，云生如海。查士标既然是安徽人，对黄山肯定是比较熟悉的，由此可知，好友的评价可谓相当中肯。

这首题画诗是查士标为自己所画《淡色山水》而作。诗人通过对画中景物的描写，在表达自己高风亮节的同时，又充分反映出内心想远离世俗尘嚣的想法。打开画卷，淡墨铺开，一幅清丽的山水画映入眼帘。山峰雄伟秀丽，上面的每片岩石都呈现出古朴的颜色，好像是保持着上古时期的状态一般。那苍翠的松树虬枝铁干，姿态超然，仿佛是活了千岁的神仙。眼前的苍松掩映着怪石，在图画上相互呼应，构图和谐。

它们能在这幅画上一起出现，一定是因为有着相同的约定。

它们拥有着一样的坚贞品质，一样的执着精神和一样的坚毅品格，所以作者怎么看都不厌烦。到了天寒地冻、大雪封山之时，它们彼此相伴，一起对抗那最难熬的冬天。

松石挺立传古风，岁寒气节不曾改

查士标虽然为人散漫，但他却是一个善于处理各种复杂关系的智者。他曾写诗道："一峰更自一峰奇，每到阴晴分外宜。试托丹青写烟景，居然天地是吾师。"正是这种师法自然的大智慧才赋予了他的画笔千种情志、万缕情思。他将自己的独特情感融入到了对自然表象的描绘中，这使得他的诗画作品表现出一种荒凉的意境和超逸潇洒的名士之风。

在这首题画诗中，诗人赋予了怪石和古松坚贞不屈的气节，歌颂了它们亘古不变的岁寒精神。首句"片石太古色"中的"太古色"指的是远古的颜色，是对怪石颜色的直接描写。诗人非常善于抓住画中景物的颜色特点，以此来突出其颜色万古不改的品质。次句又通过描写那翠绿依旧、枝干虬劲的千年苍松来说明其坚贞的气节。前两句相互映衬，将诗人追求的人生境界通过松、石两个意象隐晦地表现出来。

第三句"相看两不厌"，一下子就让人联想到唐代诗人李白的《独坐敬亭山》中的"相看两不厌，唯有敬亭山"一句。其实这两位诗人在诗句中描绘的都不是山本身，而是通过写山来表达自己内心真实的想法。这山就像一面光滑的镜子，当诗人独坐镜前的时候，镜子中折射出的是自己的外形，而当诗人坐在山前，面对山的高峻寂静时，折射出来的却是他的人生感悟。正是因为诗人心存美好，所以自然怎么看都不会对这山感到厌倦。

最末尾"共结岁寒时"一句既是石与松的约定，也是诗人与景物的共鸣。无论这冬季有多严寒冷酷，松石还是一样的坚贞不改。就像人生一样，无论人生的处境有多艰难，诗人也一样可以坦然面对。

龚贤　中霄坐对一壶酒，月照寒潭饮白龙

山水册十四

［清］龚贤

定有人家在深处，来支草阁息游踪。

中霄坐对一壶酒，月照寒潭饮白龙。

龚家芳圃暂勾留，贤路春风已白头

龚贤，明末清初画家，字半千、半亩，号野遗，又号柴丈人、钟山野老，江苏昆山人。他以诗成名，又懂诗爱诗，曾耗时数十年，致力于中晚唐诗歌的搜集、选编工作，并自费刻印了七十四家诗，为唐代诗歌的流传做出了贡献。他的诗风不仅浑朴雄放，而且简洁流畅、直白通俗，颇有晚唐风韵。

他还工书画，将自己对自然的独特感悟融入到画作中，形成了以"积墨法"为特色的创作风格，与清初著名诗书画家吕潜并称"天下二半"（龚贤，字半千；吕潜，号半隐）。

　　龚贤出生在昆山的一个没落的官宦之家，幼年时随家人辗转迁居南京。他少年时就励志学画，曾与杨文骢一道拜在书画大师董其昌的门下。明末社会动荡，他选择了离开南京隐居避世。他的一生命运坎坷，到了老年更是孤苦凄凉，最后在贫病交加中溘然离世。

草阁中霄饮白龙，月照寒潭对苍穹

　　龚贤的山水画笔触古朴老辣，运笔厚重沉稳，常兼用秃笔与尖笔。画家程正揆曾赠给他一首诗歌，诗里的"铁干银钩老笔翻，力能从简意能繁"一句正是评价他在绘画用笔上的特点和成就。

　　展开画卷，一眼看见的就是画中的山水悠远。这青山绿水中一定有归隐的人家幽居其间，不信你可以向那树林深处、重山脚下寻找。往来的游人也可能躲在某个草屋茅阁中休息，所以隐没了自己游玩的踪迹。皎洁的月光照在下方寒凉的潭水里，折射出明亮的波光。在这高峻的山峰顶上，诗人携着一壶白酒，独自一个人坐在这高空，就着眼前的美景自饮。

　　在这首题画诗中，诗人极力想营造一种古朴苍劲的艺术氛围。首句虽然用"定有"展现出一种肯定的语气，但实际上表达的却是一种猜测：这清幽之地应该会有人家居住吧？次句"来支草阁息游踪"紧承上句，表示游人可能隐居草阁或出游山林，所以往往寻不到踪迹，这也从侧面写出了山高林深、景色幽静的样子。

　　第三句"中霄坐对一壶酒"中的"中霄"，指的是中空、高空之意。这句诗可从侧面看出诗人的姿态，他正身居高处、席地而坐，独自对空饮酒。尾句"月照寒潭饮白龙"将倒出的酒水入口之前的样子比作"白龙"，十分生动形象，让诗文的气势一下子就得到了提升。眼前"月照寒潭"的景色又渲染出山中夜晚孤寂凄寒的特点，二者相互映衬，更增加了整首诗的古朴苍劲之气。

恽南田 暮云千里乱吴峰，落叶微闻远寺钟

远 眺

[清]恽南田

暮云千里乱吴峰，落叶微闻远寺钟。

目尽长江秋草外，美人何处采芙蓉。

恽君镜映清裙带，淡而有奇成格局

恽南田，明末清初画家，字寿平，号南田，别号云溪外史、白云外史，江苏武进上店人。他在诗、书、画方面皆造诣深厚，有"南田三绝"之誉。恽南田出生在武进的一个世族大家，自幼受到良好的教育和熏陶。恽南田自小聪明伶俐，据说八岁时就能以莲花为题作诗，这让他的私塾先生感到十分惊讶。后来，由于清兵入关、时局动荡，他的父亲只好带着年少的他和两个哥哥四处逃亡，从此过着颠沛流离的生活。

面对异族的侵略，恽氏父子最终选择了反抗。但建宁一役

中，恽南田长兄战死，二哥下落不明，父亲因外出求援，幸免于难，但父子二人也就此失散。之后，恽南田历经波折和磨难，终于和父亲团聚，后随父亲回老家卖画为生。

远眺暮云千峰外，不尽长江秋草黄

恽南田重视绘画理论的研究，他认为文人山水画应当具有"脱尽纵横习""无意为文""淡然天真"的特点，希望通过这样的表现效果，最终使欣赏者达到"不著寻山履，身居云海图"的独特审美境界。

他还提倡极简主义，主张"画以简贵，如尚简之微，则洗尽尘滓，独存孤迥，烟鬟翠黛，敛容而退矣"，用寥寥几笔展现孤傲独立的气韵，从而实现整体画面悠远高逸的风格。这首题画诗是他为自己的画作《远眺》而作，诗歌整体与画面相互映衬，充分表现了这一创作理念。

傍晚时分，山里云雾弥漫、遮蔽千里，那吴峰在这一大片云海中时隐时现，让人觉得景色杂乱。远处传来了寺庙的钟声，打破了这山中的宁静。近处树上的叶子从枝头缓缓飘落，难道是叶子听懂了微弱的钟声才应声落下的吗？

登高远眺，那滚滚东去的长江和秋季枯黄的百草尽收眼底。站得高自然看得远，自己有了高度才能跳出束缚的圈子，领略到外面世界不同的景色。不知在这景色中有没有美丽的女子在采摘芙蓉花，如果真有，那她现在又在哪里呢？

这首诗意境高远，气韵飘逸。首句"暮云千里乱吴峰"中的"暮"字交代了时间，"千里"二字则写出了云雾连绵的气势，"乱"突出云雾四处流动飘散的特点，赋予了景物动态感。次句"落叶微闻远寺钟"中，诗人由近及远，从视觉上见到"落叶"到听觉上"微闻远寺钟"，构成了感觉上的交错，使读者的体验更加奇特。

第三句"目尽长江秋草外"暗指诗人只有登上山顶高处，才会有"无边落木萧萧下，不尽长江滚滚来"的感觉，用"长江"的壮丽蜿蜒和"秋草"的枯黄连绵烘托出苍茫壮阔的意境。尾句"美人何处采芙蓉"通过虚构出一幅美人采芙蓉的画面，将读者的思绪引出画外，与前句形成了鲜明的反差。

江南的婉约风光隐藏在这旷达辽远的美景中，可现在却不知这佳景在何处，诗人从心底自然地流露出对山河破碎的无限悲伤。

锋头云黛笔底开，墨花淋漓山雨来

恽南田的山水画清秀明丽，他摒弃了传统绘画的浓艳富丽，转而追求文人的雅意，赢得了清朝上到统治阶级，下到平民百姓的一致喜爱。特别是他在颜色的运用上，往往色彩丰富却不俗气。加之他常常将"无骨画法"应用到颜色和墨水上，再配以轻快灵异的笔法，在刚与柔、起与伏之间展现事物的形神，增加画面的跃动感，从而达到"不同之同，不似之似"的妙境。

恽南田还自题过一幅《山雨图》，诗曰："锋头黛色晴尤湿，笔底春云暗不开。墨花淋漓翠微断，隐几忽闻山雨来。"诗人在这首题画诗中细致地描绘了自己作画的过程，正好可以用来验证他的上述绘画理论。

首句"锋头黛色晴尤湿"中的"黛色"，指的是中国传统色彩中的青黑色，"晴尤湿"则表现出整个画面通过晕染后的变化，赋予了作画过程动态美感。次句"笔底春云暗不开"中，诗人紧接着上句的泼墨画法，开始了细致的局部勾画，让画面淡中有浓，突出"春云"的特点。第三句"墨花淋漓翠微断"中，作者通过雨点皴的技法细致地刻画雨的姿态，从而达到"点点墨花纸上开"的效果。那雨点连成了细密的线，隔断了微微翠绿的山体，使整个画面更加生动丰满。尾句"隐几忽闻山雨来"中的"隐几"指的是作者靠着几案或伏在几案上，写出了画家入神创作时的状态。"忽闻"一词将读者引入画境中，仿佛那山间大雨已经浇到了身上。

高士奇　山雨山云断又遮，溪前溪后几人家

题米元晖云山得意图卷（之一）

[清]高士奇

山雨山云断又遮，溪前溪后几人家。

江乡湖曲多相似，树霭林烟认米家。

题米元晖云山得意图卷（之二）

潇湘烟水渺无波，京口云山晓暮多。

细雨斜风无限好，谁将艇子着渔蓑。

高士勤学有奇才，诗文书画精赏鉴

高士奇，清代文人，字澹人，号瓶庐，又号江村，浙江绍兴人。他平生学识渊博，博览群书，在文、史、哲诸方面都有贡献，且建树颇丰。他的一生充满了不幸，少年丧父，中年丧妻，晚年丧子，尝尽了人世间的苦楚。可他又是幸运的，获一

代帝王信任，康熙皇帝甚至将他视为自己学问上的"领路人"和生活上的"故人"。

对高士奇为人的评价，史学界如今褒贬不一。有人说他是学识渊博、博闻强识的学者；有人说他是善于溜须拍马、中饱私囊的贪官；还有人说他是欺世盗名、结党弄权的宠臣。但其一生就跟他的名字一般——荣登高士，颇为传奇。

山水得意米友仁，世间再无高士奇

这两首题画诗，是高士奇先后两次为米友仁的《云山得意图卷》所作。

米友仁是北宋书画家米芾的长子，名尹仁，字元晖，晚号"懒拙老人"，世称"小米"，与其父并称"大小米"。米友仁的画继承并发展了米芾的技法，确定了"米氏云山"（以表现雨后山水的烟雨空蒙、变幻莫测而著称）这一表现方式。

他的画是内心对自然的直接反映。他甚至还曾评价自己的创作方式为："画之老境，于世海中一毛发事泊然无着染，每静室僧跌，忘怀万虑，与碧虚寥廓同其流！"

展开米友仁的《云山得意图卷》，一阵空灵清奇从画面中袭来。幽静偏僻的山溪前后都有人家居住，恐怕都是退隐的高士吧。

那潇湘二江江水深远而清澈。江上常常泛着一层薄薄的烟雾，水面平整如镜，没有半点波澜，云雾将整个江面装点得像仙境一般缥缈空灵。水流汇聚在长江下游的京口，那里这样的景致颇多。如果再有江风斜织着毛毛细雨，那风光可就无限美好了。

潇湘云雨出霭雾，溪水青山晓迷路

诗人通过这两首题画诗，再现了画家米友仁所重视的那份表达——追求宁静与闲适的个人情绪。二人虽然不在一个朝代，却好像心意相通一般。诗境衬托着画意，画境蕴含着诗意，这两种艺术形式在相互碰撞与交融中产生了一种微妙的化学反应，引导着看画读诗的人进入了一个虚构的淡然安逸的超脱空间。

在第一首题画诗中，首句"山雨山云断又遮"用"断"和"遮"营造了一种烟雨朦胧的气氛，从侧面烘托出青山在雨下烟腾之时若隐若现的变化姿态。第二句"溪前溪后几人家"中，仅仅两个"溪"字就营造出了山村人家临水而居和溪水潺潺之状，意境悠然。第三句"江乡湖曲多相似"，则用生活中常见的江南景色和临湖听曲来比喻山水，体现出诗人追求的唯美清新的境界。末句"树霭林烟认米家"道出了此画与其他山水画的不同之处，即不拘泥于勾勒树与林的细节，用烟雾来呈现全图，追求整体境界的超脱，这也正是"米氏云山"的艺术表现特点。

在第二首题画诗的首句中，诗人通过描写江雾四起、水面无波来渲染宁静空灵的气氛。第二句"京口云山晓暮多"又进一步阐述上句：在江水下游的京口云山一带，这种景色早晨和傍晚居多。可见诗人也心仪山水，在这方面颇有心得。第三句"细雨斜风无限好"又将视角拉回画中，写出了江南天气"细雨斜风"的淡雅，并将自己的主观感受加入其中。末句"谁将艇子着渔蓑"中，诗人通过画面上的景物发出疑问：江面小舟上载着的那个身披蓑衣、任意漂浮的渔人是谁呢？这答案不言自明，这个渔人应该是任何一个在这尘世中心慕山水的文人雅士吧。

石涛　残红落叶诗中画，得意任从冷眼看

题八大山人《山水图》

[清] 石涛

秋涧石头泉韵细，晓峰烟树乍生寒。

残红落叶诗中画，得意任从冷眼看。

石林端坐老僧心，涛声震耳出禅音

清初画家石涛，原姓朱，名若极，小字阿长，广西桂林人。他是明朝皇室之后，幼年遭战乱后出家为僧，法名元济。石涛精通书法绘画，早期师从宋元诸家，画风疏秀明洁，到了晚年则笔意恣肆，用墨淋漓多变。他擅长写生，注重将哲学思想和个人感情相互融合，画境也灵活生动，兼有抑郁沉雄的气韵，故而他的画风别具一格。

现存世绘画作品有《石涛罗汉百开册页》《竹石图》等，著作有《苦瓜和尚画语录》等。

石涛是明朝遗民，出自皇族，身上有着常人没有的国仇家恨。他遁入空门并不是自身愿望，而是为了政治避难。虽已身处佛门，但他却仍心恋凡尘俗世，到了晚年居扬州时便弃僧还俗。他是历史上最爱吃苦瓜的名人，几乎顿顿吃苦瓜，甚至还把苦瓜放在案头供奉朝拜。他对苦瓜的这种钟爱，很可能与他内心的矛盾有关。苦瓜的皮是青色的，瓜瓤却是朱红色的，据说这寓意身在大清，心记朱明。而且他明明双目明亮，却还给自己起了个"瞎尊者"的名号，寓意为失去明朝。如果真是这样，那他人生背负的东西确实太多了。

当然，上述都是后人胡乱的猜测而已，但有一点能够确定，石涛的一生确实是在自诩清高和不甘寂寞中度过的。聪明的他，凭着高超的艺术造诣，将这些矛盾统统发泄到了画作之中。他的作品恣情纵横，奇险秀润，表现出无穷的艺术张力和灵动之气。

虽生于末代皇族，但正是他不凡的出身给了他异于常人的经验与才思，这也是他的作品能呈现出如此魅力的原因。

任凭世人冷眼看，红叶似火心中燃

这首题画诗是石涛为八大山人的《山水图》所作。八大山人即中国画一代宗师朱耷，他本名朱统，字雪个，号"八大山人"，与石涛一样属于明朝皇室后裔。因为身世的特殊，朱耷的画风充满了怪异诡谲的特色，他常通过晦涩难解的题画诗和各种造型奇怪的变形画来表现自己的个性和心境。

打开这幅简易质朴的山水画卷。眼前远山横亘，涧水幽冷，泉水从突兀嶙峋的怪石中流出，细腻绵长。破晓时分，山峰间烟雾茫茫，环绕稀疏的树林间，一阵凉意袭来，让人觉寒彻心骨。那山间凋落的红叶凄美无比，在眼前的画境中呈现出来，充满了无穷韵味。画家在诗中表达的是自己内心真实的感受：哪怕世人并不欣赏我、理解我，甚至对我冷眼相看，我也毫无顾忌。

诗人和画家本就有着同样的人生境遇和生活矛盾，所以这种内心的共鸣就促成了他们在艺术表达上的高度切合。

诗歌首句"秋涧石头泉韵细"直接描写画家的绘画风格，将山间秋景通过"涧""石""泉"这些简单的意象表达出来，如同作画挥毫一般——于大处见境界，小处细勾勒。

次句"晓峰烟树乍生寒"一句又将自己观画过程中情绪的变化融入诗中，体验独特。通过抓住画中"寒"这一突出特点，渲染了一种缥缈幽寒的整体艺术风格。

第三句"残红落叶诗中画"，诗人借画中景物阐述自己的创作理论。他在诗歌上追求"诗中画"，即通过诗情表达画意，绘画上主张"造化为师""我用我法"。这二者可以相互印证，就像自然界中的红叶飘落，本身既具有诗意，又可绘入图卷。

这样的艺术风格当时并不受人追捧，甚至遭人唾弃，但创作者却可以通过这样的方式表达真实的自我，并借此抒发内心的真情实感。

王文治 霜皮古柏罩寒烟，曾系青牛夕照前

古柏图

[清]王文治

霜皮古柏罩寒烟，曾系青牛夕照前。

记向华山山下见，等闲已过二千年。

禹王文事自有卿，治水何须拜共工

王文治，字禹卿，号梦楼，江苏丹徒（今镇江）人，乾隆年间进士，曾任翰林院侍读，官至临安知府。他通诗文，善绘画，精书法，与刘墉、翁方纲、梁同书齐名，并称清代"书法四大家"。

他诗文学唐宋，后自成一家；书法师宗"二王"（王羲之、王献之），也深受董其昌、笪重光的影响；绘画变幻多样，以善于画梅著称。王文治自幼天资聪慧，据说十二岁就能吟诗。他还特别擅长书法，行、楷皆精，在清代十分有名。加上他习

字时喜用淡墨，字体潇疏秀逸，独具神韵，因此人称"淡墨进士"。说到王文治的书法，坊间还流传着他的几个小故事。

一是他的书法作品深受国内外人士的喜欢。因为才华出众，他曾作为随从与周煌和全魁一道出使琉球。琉球人将其书法作品奉为至宝，朝鲜人甚至用饼金去交换他的墨宝。所以，当时坊间流传着"天下三梁，不及江南一王"的说法（"三梁"指梁同书、梁国治、梁诗正，"一王"为王文治）。

王文治随性而书的作品具有天然之趣，人们往往认为是墨宝真迹，而他刻意创作的，反倒被人们当做赝品。

二是他的书法艺术另辟蹊径。王文治写字喜欢用"淡墨"，而刘墉却喜欢用"浓墨"，他们二人一个风云雅致，一个大气古朴，时人称他们二人是"浓墨宰相"与"淡墨探花"，不失为书法界的美谈。

三是他书法艺术眼光独到。相传，临安城东城楼上的木匾上书"雄镇东南"四个大字，是书法家涂鷟的墨宝。因为木匾常年挂在室外，不免风吹日晒受到了侵蚀，久而久之，"镇"字的另一边——"真"不知所踪。于是府衙找来了一位名叫王为翰的读书人去临摹涂鷟书法，想要补全这个"镇"字。果然他不负众望，写的"真"字足够以假乱真，大家完全看不出是后补的。

可王文治到此地上任后路过东门，只抬头看了一眼匾上所书的四个大字，便指着"镇"字说："你们看'雄镇东南'这四字，多像是三条活龙夹着一条死蛇。"知情的人无不为他敏锐的书法艺术眼光而惊叹。

华山夕照青牛前，千年古柏曾见仙

王文治的文采豪迈放纵，是继袁枚之后又一位与姚鼐不相上下的诗人。可能是因为他的书法太过著名，竟遮盖了他诗文方面的才华。

谈到作诗，他曾说："诗称家数，犹之官称衙门也。衙门自以总督为大，典史为小，然宁为典史，而不为担水夫，何也？典史虽小，尚属朝廷命官。担水夫，衙门虽尊，与他无涉。今之学杜甫、韩愈不成，矜然自以为是大家，不过总督衙门里的担水夫罢了。"

王文治还曾说："词章之学，见之易尽，搜之无穷。今聪明才学之士，往往薄视诗文。遁而穷经注史，不知彼所能者，皆词章之皮面，未吸神髓，故易于决拾。如果深造有得，必愁日短心长，孜孜不及，焉有徐功，旁求考据乎？"这些生动的理论阐述足见他在诗文方面的才能。

这首题画诗是王文治为自己所画的《古柏图》所作，诗中画面意境悠深，再加上典故的运用，诗人慷慨豪迈的气魄流露无遗。

打开眼前的画轴，原来是一幅《古柏图》。那被风霜吹皱了的古老柏树，表面的树皮像老者的皮肤一样布满了皱纹。山中傍晚时分，寒烟渐渐升起，柏树硕大的树冠像给整个天空罩上了一层白纱。可能当年老子西出函谷关时，也曾迎着夕阳路经此地，在这古柏的树干上系过青牛吧。

记得有人曾说在华山脚下看见过这株古树，可如今它居然长在了这里。就像这时间一样，即使已经过去了两千多年，斯人也已去，可这古柏依旧苍翠挺拔。

淡墨尤书风神韵，紫气东来不可掩

王文治博学多才，遍观群书，中年以后更是潜心禅理，所以其诗文书画中会有一些禅机理趣，这也是他心境的独特抒发。这首诗充满了对人生无常、世事变迁的思考。

首句"霜皮古柏罩寒烟"将古柏外皮褶皱的样子刻画得极其生动。又通过"寒""霜"二字对周围环境进行渲染，整个画面顿生凉意，更加突出古柏苍翠挺拔的英姿。

第二句"曾系青牛夕照前"中，诗人通过想象，遥想到千年之前老子西出函谷关，增加了柏树的历史厚重感，也将读者的意识引出画外，发人深思。

第三句"记向华山山下见"继续承接上句：如果这棵树曾经在华山山脚下出现，那么随着时间的推移和历史的变迁，现在长在这个位置也不足为怪。诗人在这里用充满人生哲理的思考告诉读者：事物都是在不断变化和发展的，要探求真相，就要把眼光放在历史的高处。

尾句"等闲已过二千年"中的"等闲"是轻易、随便、平常之意。时间往往就是在不经意间悄然流逝的，哪怕是漫长的几千年，也只不过是转瞬而已。如果想要长久留存，就要像老子和古柏一样，随着世事变迁不断变换，这样才能让自己的思想万古长青。

吴昌硕　风叶雨花随意写，申江潮满月明时

兰花图

[民国]吴昌硕

东涂西抹鬓成丝，深夜挑灯读《楚辞》。

风叶雨花随意写，申江潮满月明时。

吴越昌亡担弱肩，硕大海派缶道人

晚清民国画家吴昌硕，初名俊，又名俊卿，字昌硕，浙江省孝丰县鄣吴村（今湖州市安吉县）人。他精通诗、书、画、印四技，还擅长金石篆刻艺术，被世人誉为"石鼓篆书第一人"。吴昌硕善以书道之法绘水墨山水，轻重疏密配合相宜，是"后海派"的代表，被誉为"文人画最后的高峰"，与任伯年、蒲华、虚谷合称为"清末海派四大家"。现有《吴昌硕画集》《吴昌硕作品集》等大量作品集存世。清道光二十四年（公元1844年），吴昌硕出生在浙江省孝丰县鄣吴村一个读书人家。

幼年时受其父影响，开始读书习字，钻研篆刻，后来又在邻村的私塾上了几年学。后来，受战乱影响，吴昌硕举家到荒山野谷中避难。在逃难途中，他与家人失散。为了生存，他曾给人家打过短工，做过杂役，如此辗转多地，流亡数年。

同治年间，他凭借真才实学考取了秀才，之后求学杭州，广结益友，做小吏以维持生计。甲午战争爆发后，他随军北上抗日，兵败后返吴。虽然在仕途和军队中他的抱负和理想没有得到施展，但在艺术领域却大放异彩。

他先后加入了上海豫园书画善会和西泠印社，致力于书画，还与名士王一亭结为至交。在好友王一亭的力捧下，他的书画金石艺术名噪一时，在国内国外都举办了个展，在日本更是被尊为"印圣"。值得一提的是，吴昌硕极富爱国情怀。中国篆刻瑰宝《汉三老碑》曾被日商购去，他得知此事后，作画义卖，又与西泠同仁奔走呼吁，积极募捐八千大洋将碑又赎回。1927年11月29日，一代大师吴昌硕逝于上海寓所，享年83岁。

就是这样一个超凡脱俗的"圣人"，也有食得人间烟火的可爱一面。曾当过民国国务院佥事的劳少麟心慕他的画作已久，于是托人求画。但当吴昌硕得知求画者为官场中人时，便找借口拒绝了。

劳少麟四处打听吴先生的脾性嗜好，后来听人说吴昌硕极爱赏梅，又喜食狗肉，于是就在这上面动起了脑筋。

一年冬末，大雪初霁，吴昌硕乘着兴致走访远山，踏雪寻梅。行至山麓的时候，突然发现梅林旁边有一新搭的茅草屋，古朴雅致，十分幽静。他的脚步不觉往那个方向走去，来到草屋近前，又闻到了花香之外还有浓郁的肉香。只见从草舍中走出一位老者，二人互通名姓后，老者热情地唤其进屋歇脚。吴昌硕见其举止有礼且谈吐不俗，便没有拒绝。

屋内小坐，老者又端上野味款待他，吴昌硕一看竟然是自己喜爱的狗肉，于是便大快朵颐，与之痛饮。此后，劳少麟家中便多了许多吴昌硕的字画佳作。虽然被"骗"去了许多画作，却也是吴昌硕自己嘴馋之过，这也可以从侧面看出他本人的真性情。

提到他的性情，还有一则趣闻故事。民国初年的一天，上海大地产商哈同过寿，于是想请书画界名家吴昌硕给他画一幅长三尺的立幅画卷，好为其寿宴烘托气氛。但令这位早年靠着贩卖鸦片起家的黑心商人始料不及的是——自己居然被拒绝了。原来，吴昌硕素来最痛恨这帮在十里洋场横行无忌的豪商。

哈同除了有钱外，还是英、法两租界工部局的董事，手中有几分权势。碍于吴昌硕的名气和才情，他不能动武，只能以重金为诱惑，想方设法托关系去疏通求画。碍于同道画友吴杏芬、沙辅卿等人的情面，吴昌硕只好勉为其难地为他画了一幅《柏树图》。

哈同喜出望外地前来取画，当他看到画中柏树叶子画得比自然界的柏树还大时，心中不免疑惑万千，于是就问："吴先生，这柏树叶子如此之大，是否有什么含义？"吴昌硕不慌不忙地说："这正看是一幅怪柏，你不妨倒过来看看。"哈同按照吴昌硕的意思倒过来一看，发现原来是一幅《葡萄图》。

他不解其中缘由，便接着问："吴先生，您为何要倒着画呢？"吴昌硕大笑后，义正言辞地说道："我这可是按照办事的逻辑方式画的，你喜欢是非颠倒，黑白不分，我给你的画自然也只能颠倒了，你拿回去倒着挂吧！"闻听此言，哈同只能尴尬地笑了，并连忙称好。

两鬓银丝出书画，潮满申江明月中

吴昌硕的写意花卉颇受徐渭和八大山人影响，再加上他书法、篆刻的功力十分深厚，常将书法、篆刻的行笔、运刀及章法和体势融入绘画，形成了金石味浓重的独特画风。这种"草篆书"入画是他独创，用他自己的话说："我平生得力之处在于能以作书之法作画。"

他笔下景物线条的质感似乎不够丰富、切实，但这恰恰是他的特点。他舍弃了写实的绘画传统，掀起了一股注重写意的新画风。他还喜欢在画中直抒胸臆，酣畅淋漓地表达自己的艺术个性和风格特点。其笔下的兰花，有时笔墨浓烈，有时笔墨淡雅，浓淡相宜的墨色和篆书的笔法相结合，刚劲有力，自成一格。

这首题画诗是他为自己所画《兰花图》而作。画卷中的幽兰吐露着墨香，风姿绰约，线条如龙泉出鞘般硬朗，刚中带柔，意蕴万千。

多年来，吴昌硕在书画上东涂西抹，上下求索，不觉两鬓已经布满银丝，但追求文学艺术的脚步并没有就此止步。每当夜幕降临时，他仍旧会挑灯夜读，感受《楚辞》中描写的"春兰兮秋菊，常务绝兮终古"的意境。然后提笔研墨，在宣纸上绘制出心中的兰花。

它生长在山崖上、涧水旁，任凭那风吹雨打。这本就是他随意而画的，所以也最能反映他的心意。经历过众多磨难的兰花，就像他本人一般永不屈服。黄浦江上的潮退了终究会又上涨，当空的明月缺失后也一定会有满盈的一天。

申江潮退终会涨，月明花开会更圆

吴昌硕的书画注重创新，博采众长。他不仅眼观手摹，还善于从雪个、清相等诸位大师的画作中提炼思想、吸收精华，然后将心中所获熔为一炉，革故鼎新。他绝不墨守成规，而是以灵活多变的章法和极度简练的笔墨去营造深邃的意境，并渗透进自己独特的情感和人生体验。

在这首题画诗中，诗人将自己书画艺术道路上的体验，毫无保留地分享出来，给后人留下了一个孜孜不倦、上下求索的君子形象。

首句"东涂西抹鬓成丝"中，诗人不仅将自己的画作谦虚地称作"东涂西抹"，还将自己塑造成一个刻苦的学者模样，在上下求索的过程中已经"鬓成丝"。次句"深夜挑灯读《楚辞》"中的"楚辞"其实跟画面上的兰花有着内在的联系，提到《楚辞》就自然联想到那位喜欢"扈江离与辟芷兮，纫秋兰以为佩"的大诗人屈原。

屈原对香草的喜爱，其实是一种心慕高洁的具象化。诗人在这里将二者暗暗联系，读者在明面上看到的是诗人挑灯读经典的刻苦用功，暗中则可以理解为身为画家的他绘制《兰花图》的灵感来源于此。

第三句"风叶雨花随意写"是诗人对自己画中兰花的直接描写。"随意"既指画家运用笔墨的随心所欲，也可以看作是兰花的花和叶对待风雨的坚强姿态，两者相互交织，引起读者更深入的思考。

末句"申江潮满月明时"充满了作者对于人生的哲理思考，苏轼的《水调歌头》中"人有悲欢离合，月有阴晴圆缺"一句也道尽了他对花不常开、月不常圆的感叹。

可世间一切向来如此，诗人用自己和兰花的共同经历告诉我们，在追求艺术的道路上，对自己的选择要有信心，坚信"申江潮退终会涨，月明花开会更圆"。

林纾　危栈粘天路不分，鞭丝帽影印斜曛

题画

[近代]林纾

危栈粘天路不分，鞭丝帽影印斜曛。

半程微觉驴鞍湿，记犯山腰一阵云。

林深水浅细沙平，纾密草青烟霞明

林纾，字琴南，号畏庐，福建闽县人，近代文学家、翻译家。因晚年将其书室起名为春觉斋、烟云楼，所以时称"春觉斋主人"。

幼年的林纾嗜书如命，他用七年的时间读了大概两千余卷古籍，后又读同县李宗言家藏书不下三四万卷。他博闻强识，精通诗文书画，号称狂生。光绪八年（1882年），他成功考取举人，但之后屡试屡败，从此绝意仕途，一心投身于他所热爱的文学创作之路。

林纾一生爱书成痴，45岁之前到了见书就阅，无书不读的地步。他在朋友的鼓励下开始翻译《巴黎茶花女遗事》，译著出版之后，读者十分认可。自此，他开始了自己的翻译生涯。他一生与魏翰、陈家麟等海归才子共同翻译了一百八十余部外国小说，其中不乏名家名著，也因此被视为中国近代文坛的开山祖师，翻译界的泰山北斗。

微雨骑驴行山路，半是斜曛半是云

作为近代译著界的巨头，他不懂外文，全靠他人口译。但他理解力非常好，能在口述者还没说完时就在纸张上书写完毕，就这样，他完成了40余部世界名著的翻译，以至于他诗文上的才华完全被翻译所掩盖。殊不知，他在题画诗上也很有才华。

首先，他的题画内容宏博多彩，包括诗、文、词等多种文学样式。其次，他能用娴熟的书法技艺，选择合理的题画角度，让所题内容与绘画、书法高度统一，具有独特的风格，堪称文人画的典范。

这首题画诗是他为自己的画自题的诗文。打开画卷，一眼就看到了那连绵不绝的高山和翠绿挺拔的青松。半山腰上修筑了一条高而险的栈道，栈道下面就是万丈悬崖。从远处望去，那栈桥好像和天连在一起，让走在桥上的人感觉像是在天上穿行。出游的人迎着即将落下的夕阳前行，那光打在身上，身影与皮鞭、帽子的影子一起被投射在地上，拉得很长很长。

傍晚时分，骑驴走在山间的小路上，鞍子已经渐渐地被山间的雾气打湿，摸上去湿漉漉的。游人如果要怪，就怪飘在半山腰的那阵云雾吧，它才是罪魁祸首。正所谓"山高自有客行路，水深自有渡船人"，即使这山高路险，也阻止不了游人远行的脚步。

条条大路通罗马，字字珠玑化云烟

仕途不顺的林纾，终于在翻译界找到了自己的一席之地。他站在了历史的潮头，像桥梁一样架在新旧文化之间。他的绘画意境深远，他的诗歌温暖人心，他给了身处动荡时局的人们以心灵的慰藉。就像他在这首题画诗中写的，他是骑驴独行在云栈上的旅人，任烟云打湿自己的衣裳，也还是要不断摸索前行。

首句"危栈粘天路不分"中，"危栈"指栈道高而险，"粘"字则体现了栈道的不牢固，看上去好像与天路相连，从侧面说明了山中栈桥的危险。次句"鞭丝帽影印斜曛"中的"鞭丝帽影"本义是马鞭和帽子，这里指代出游。用动词"印"字形象地写出落日余晖斜照在游人身上，仿佛被镀上了一层金光。"半程微觉驴鞍湿"一句用典型的侧面描写来突出山之高、雾之重。山路走到一半时，诗人才渐渐发觉雾气渐浓，竟已经把驴鞍都打湿了。这句诗也从侧面强调了雾气侵人的渐进性过程，说明游人已经走了很久，而且还要走更久。末句"记犯山腰一阵云"中，诗人将"湿物"之过算到了行过山腰时遇见的那阵云雾身上，营造了一种行走在云里雾里的奇妙意境。

　　诗人在此题画诗中要表达的是他内心的淡然。自己那高洁的志向既然想要实现，就难免会遇见这样或那样的挫折，但只要把这些都当作攀登顶峰时必会遇到的浮云，便会一笑释然。

第三辑

秀劲雅逸——人物画

世人如花，风景如画，人活难过百，景色有变时。风景付之笔端，江山多娇便可长久保存；世人载入画中，传奇经历亦能永世流传。正如文人画中的世人有男有女，有老有少，各行各业，包罗万象，既有神女追慕襄王、诗人坎坷求仕，也有高僧酒醉狂书等。

他们的故事除了能让我们体会到画中人物的喜怒哀乐，还可以折射出他们所处时代下的人的精神面貌。那画上的题诗不仅仅只是对他们传奇经历与鲜活人生的真实抒写，更是对那段时代风貌的高度概括。

阎立本　仙女盈盈仙骨飞，清容出没有光辉

巫山高

[唐]阎立本

君不见巫山高高半天起，绝壁千寻尽相似。

君不见巫山磕匝翠屏开，湘江碧水绕山来。

绿树春娇明月峡，红花朝覆白云台。

台上朝云无定所，此中窈窕神仙女。

仙女盈盈仙骨飞，清容出没有光辉。

欲暮高唐行雨送，今宵定入荆王梦。

荆王梦里爱秾华，枕席初开红帐遮。

可怜欲晓啼猿处，说道巫山是妾家。

阎门贵胄多才情，常立本心通画性

阎立本，唐代著名的政治家、画家，雍州万年（今陕西省

西安市临潼区）人。他擅长篆刻、书法、建筑等多种工艺，与父亲阎毗、兄长阎立德齐名，以精湛的工艺和高超的绘画技艺闻名于世。

当时，姜恪因战功擢升为左相，阎立本则升任右相，所以时人有"左相宣威沙漠，右相驰誉丹青"一说。传世画作有《步辇图》《历代帝王像》等。

阎立本出生在一个封建贵族家庭，家世显赫。他的外公是北周武帝宇文邕，母亲是北周清都公主，父亲阎毗又曾任石保县公、隋殿内少监。隋亡后，阎毗在秦王府上担任库直。库直一职历来都由出身贵族且有真才实学的亲信之人担任，他能担此重任，足见唐太宗李世民对他的信任与认可。

阎立本画工卓越，是皇家的御用画师。唐太宗李世民想把跟随自己南征北战的六匹战马绘制成图样雕刻在石板上，立于昭陵中永久留念，阎立本就画了著名的"昭陵六骏"。李世民想表彰开国的二十四位元勋，挂在京都长安太极殿凌烟阁中，就又命令阎立本为各位功臣画像。吐蕃赞普松赞干布派使臣不远万里来到长安觐见太宗并请求赐婚，这样的盛大场面必须留存纪念，于是又命阎立本绘制《步辇图》来记录盛况。

唐高宗李治依然重用阎立本。玄奘法师西域求法归来，在李治的资助下，要在大慈恩寺西院建造大雁塔，用来安置从印度带回来的经书佛像。于是李治就命阎立本绘大慈恩寺图式和佛像。

如果说唐代诗人杜甫的诗因为记录历史被称为"诗史"，那么，御用画家阎立本的绘画被誉为"丹青神话"也就实至名归了。因为他的绘画多取材于历史事件和人物，用以鉴戒贤愚、弘扬治国安邦大业。

可就是这样一位靠手艺吃饭的大画家，也有因长处苦恼的时候。一次，他突然接到唐太宗的紧急传召，由于事发突然，他只得连跑带颠地来到青苑玉池赴命。原来是皇帝游园时看到御苑池中怪鸟嬉戏，觉得有趣，便想让他画下来。大汗淋漓的他满面羞愧不堪，只得急忙俯身研墨作画。

事后，他回家告诉儿子说："我自小爱好读书，值得庆幸的是我不是个不学无术的蠢材。由于我的文章都是有感而发的，因此在同行中，文采还是比较不错的。但其实我最知名的却是绘画。这个特长使我要像奴仆一样地侍奉他人，这是莫大的耻辱。你应该深以为戒，千万不要再学习这种技艺了。"阎立本如此真切地告诉儿子不要再研习画艺，可他自己却戒不了对绘画的热爱。

由于阎立本的绘画能力太过突出，被埋没的又岂止他的文章。

他本人是一个善于发现人才、重用人才的正直官吏。唐高宗永徽年间，他曾以河南道黜陟使的身份去汴梁执行官吏考核任务，其间遇到了朝廷寻求良久的治世之才。阎立本对这个人说："我是一个画家，在我心中自有想画之人与不想画之人，而你属于那非画不可之人。"这个让他青睐的身份卑微的参军，就是后来唐代的名臣良相——狄仁杰。

红花绿树翠屏开，碧水仙云绕山来。《巫山高》原本为汉鼓吹铙歌十八曲之一，《乐府诗集》中仅存有《巫山高》歌词。自南北朝到唐代，有多位诗人以《巫山高》命题为诗。此类《巫山高》诗，无一不取材于《高唐赋》《神女赋》中关于巫山神女的爱情故事，这首题画诗亦是如此。

巫山的美，美在秀丽，美在神秘，美在神女故事。打开画卷，原来是一幅巫山云雨图。朋友啊，你能否看见那壮丽的巫山高高耸立，在云雾缭绕映衬下，好像突然从半空中升起。每一座山峰都是千尺高的悬崖绝壁，一样的险峻，一样的巍峨。嶙峋的怪石间点缀着竞势而发的苍松翠柏，碧波浩渺的湘江水绕着巫山，从远方而来，给这山景平添了一种柔美和妩媚。

春天到来时，那茂密的树林和碧绿的叶子在这明月峡中，不负春光，疯狂生长。那山中似火的红花在一朝一夕间，竟开满了整个白云台。白云台上浮云飘荡，像是一群居无定所的旅人，在流浪中寻找着家的方向。

传说，在这深幽秀美的巫山之中生活着一位美丽的神女。

她窈窕可爱，身姿轻盈，在这如仙境一般的山林间腾云驾雾，自由飞翔。那清丽俊俏的面容，露出了无限的光辉。她将要去高唐播撒云雨，在荆王的梦中与之相会。荆王在梦中爱慕着神女的青春美貌，早已打开香枕暖席，将红纱帐遮蔽。可是春宵短暂，天快亮了，神女只得向荆王依依不舍地告别。

诗文景色俱齐备，难掩巫山一片情

这首题画诗中，诗人用细腻的笔触描绘了巫山的美轮美奂，并借助眼前的景色抒发对神奇传说的向往。此诗兼具写景、叙事与抒情，逻辑顺序清晰，语言清丽流畅，富有浓厚的文人情趣。

首句中，诗人用"君不见"引导读者将目光放到巫山群峰叠嶂中，突出悬崖峭壁的高险面貌。其中的"高高半天起"暗指山腰云雾缭绕，山势高峻，好像凌空而出一般。次句"君不见巫山磕匝翠屏开，湘江碧水绕山来"，诗人着重描写巫山上草木茂盛、满眼翠绿的情态。"磕匝"亦作"磕币"，为围绕、环绕之意。"磕匝翠屏开"生动形象地写出了绿树环绕、绿树成荫的样子，如扇如屏一般打开。第三句"绿树春娇明月峡，红花朝覆白云台"中，诗人用"绿"树、"红"花、"白"云这些颜色词语装点出春至巫山、满眼风光的秀美景色。第四句"台上朝云无定所，此中窈窕神仙女。"中，诗人通过描写巫山云雾，很自然地过渡到巫山神女的故事上。第五句用"盈盈""清容"将神女窈窕的身姿、轻盈的仙骨和清新的气质，写得活色生香，如同神女就站在读者眼前一般。第六、七、八三句则完整地叙述了"巫山云雨"的故事，让这首诗兼具自然和人文两种景致。

杜甫　迎旦东风骑蹇驴，旋呵冻手暖髯须

画像题诗

[唐]杜甫

迎旦东风骑蹇驴，旋呵冻手暖髯须。

洛阳无限丹青手，还有功夫画我无？

独临风雨作茅诗，乞求广厦辟寒士

杜甫，字子美，唐代现实主义诗人，后世称其为"诗圣"。其名叫"甫"，东汉许慎的《说文解字》中这样解释说：男子之美称也，意思就是"美男子"。他的字更是直接就叫子美，这也从侧面看出杜甫的长相是十分英俊的。

可惜，史书上并没有记载杜甫的容貌，我们也只能从传世的诗歌中略见一斑。年长他11岁的李白曾写《戏赠杜甫》，诗曰："饭颗山头逢杜甫，顶戴笠子日卓午。借问别来太瘦生，总为从前作诗苦。"可以看出杜甫外貌的最大特点就是"清瘦"。

　　而杜甫也有首《赠李白》，其诗云："秋来相顾尚飘蓬，未就丹砂愧葛洪。痛饮狂歌空度日，飞扬跋扈为谁雄？"诗圣笔下则重点突出李白的"潇洒飘逸"。这仙圣之交，坦荡而真诚，成就千古佳话。

　　常言说得好，"物以类聚，人以群分"。早年的杜甫也是一位英俊潇洒的美少年，只是后来社会的动荡和国家的衰败才让他英俊不再，"浑欲不胜簪"。生活让他从满怀"致君尧舜上，再使风俗淳"的理想青年，逐渐蜕变成为那个"安得广厦千万间，大庇天下寒士俱欢颜"的"老杜"。

　　纵观后人笔下的杜甫画像，只有蒋兆和先生画的与史书记载上的杜甫最为神似。他画像中的杜甫脸上布满了皱纹，面颊清瘦，双唇紧闭，目光深邃地凝视着远方。他那细长的眉毛和散乱的胡须迎着风，与帽带一起向后飘洒。诗人那种悲天悯人、忧患苍生的气质跃然纸上。

骑驴辗转洛阳城，迎旦东风一路行

　　北宋政治家、文学家王安石曾经写过一首《题杜甫画像》，其诗云："吾观少陵诗，为与元气侔。力能排天斡九地，壮颜毅色不可求。浩荡八极中，生物岂不稠。丑妍巨细千万殊，竟莫见以何雕锼。惜哉命之穷，颠倒不见收。青衫老更斥，饿走半九州。瘦妻僵前子仆后，攘攘盗贼森戈矛。吟哦当此时，不废朝廷忧。常愿天子圣，大臣各伊周。宁令吾庐独破受冻死，不忍四海寒飕飕。伤屯悼屈止一身，嗟时之人死所羞。所以见公像，再拜涕泗流。惟公之心古亦少，愿起公死从之游。"这首诗既是对杜甫诗文的赞美，也表达出这位后学对杜甫人格精神的敬仰与崇拜。另一方面，这首《杜甫自题诗》很真实地反映了他的生活状态。

杜甫已经在这洛阳城辗转多时了，每天都奔走在拜访达官显贵、递送拜帖诗文的路上。他不为飞黄腾达，只为能有一个"上报国家，下安庶民"的机会。今天，天才蒙蒙亮，杜甫依旧从客栈早起。他骑着毛驴，迎着料峭春寒，冒着呼啸的东风艰难前行。初春清早的凉气沁骨，连呼出的气都形成了白雾，冻得诗人反复搓着手，只能靠嘴里哈气来恢复知觉。天实在是太冷了，呼出的气很快就在胡须上形成了白霜。洛阳城中有很多拥有妙笔丹青的人，不知道他们谁有时间能将诗人这副窘迫的样子画下来。

诗文焰丈高千古，青史留名存杜公

宋代诗人黄庭坚对杜甫也十分追慕，他在《老杜浣花溪图引》中曾写下这样的诗句："拾遗流落锦官城，故人作尹眼为青。碧鸡坊西结茅屋，百花潭水濯冠缨。故衣未补新衣绽，空蟠胸中书万卷。"由此可见杜甫身上具有让后世文人推崇的精神力量。很可惜，以上所提到的杜甫肖像都已经失传，但我们依然能从后世文人的缅怀诗文中看到诗圣当年的神韵。就像这首题画诗中所描写的骑驴长者，他应该是最真实的杜甫，更是每个人都能感受到的"诗圣"。

首句"迎旦东风骑蹇驴"是诗人客居洛阳的真实写照。"蹇驴"是指跛蹇驽弱的驴子。都说君子固穷，但其实文人喜好骑驴，也是穷困的无奈之举。杜甫曾有"此意竟萧条，行歌非隐沦。骑驴三十载，旅食京华春"的诗句，可见他是一直骑驴的。再加上"迎旦东风"这四个字的环境描写，颇有"古道西风瘦马"的悲凉困顿意味。

第二句"旋呵冻手暖髯须"是诗人面对寒冷时的动作反应，同时也从侧面生动形象地印证了春寒料峭、早起行路之难。最后两句"洛阳无限丹青手，还有功夫画我无？"一气呵成，表面是在问洛阳城内是否有人为我造像，实际上是暗指自己的满腹才情在这达官显贵云集的大都会里无人问津，境地尴尬，道出了诗人满满的无奈与心酸。

怀素　草圣欲成狂便发，真堪画入醉僧图

题张僧繇醉僧图

[唐]怀素

人人送酒不曾沽，终日松间挂一壶。

草圣欲成狂便发，真堪画入醉僧图。

怀瑾握瑜入空门，素纸飞书鬼神惊

唐代高僧怀素，字藏真，永州零陵（今湖南零陵）人。他擅长书法，以"狂草"闻名于世，与张旭齐名，合称"颠张狂素"，历史上称之为"草圣"。他的笔法自然灵动，犹如骤雨疾风，变化万千，虽飘逸却又法度具备。现传世作品有《自叙帖》《苦笋帖》《圣母帖》《论书帖》《小草千字文》等。

传说，在他十岁的时候，突然有一天就想出家当和尚，父母也劝阻不成，最后还是遁入了空门。在修禅诵经的同时，他也没有放弃对书法的热爱。因为早年贫困，他买不起练字的宣

纸，于是就在墙壁、衣服、器皿和芭蕉叶上练习书法，后来还特意制作了一块漆盘供自己反复练字用。

弱冠之年的怀素十分仰慕李白的诗名，于是就前去拜访求诗。李白亦爱其才华，两人性情相近，一见如故，李白还特地为他写了一篇《草书歌行》。他还广交益友，遍访名师。他的师傅徐浩教了他毛笔的正规技法，张旭的徒弟邬彤教给他张芝、张旭、王献之书法精妙之处，颜真卿不仅将自己的"十二笔意"传授给他，还为他作了《怀素上人草书歌序》。

经过一番游历，他的书艺突飞猛进。这些给予过他艺术教益的恩人们，都被他记录在《自叙帖》中。他还曾与"茶圣"陆羽相知相交，陆羽也因此写了《僧怀素传》一文，是后世研究怀素的宝贵史料。

晚年的怀素在四川成都宝园寺定居，因患风痹病于花甲之年圆寂。纵观其一生，往来相交都是名家仙圣。凭着这股对艺术执着追求的热情，他自己也成了"仙圣"。

人送美酒不曾沽，书道癫狂只一壶

这首题画诗是怀素为南北朝时期梁朝画家张僧繇所绘的《醉僧图》而作。张僧繇是中国历史上有名的画家，他与顾恺之、陆探微、吴道子并称为"画家四祖"。张僧繇自幼苦学画艺，擅长卷轴画和壁画，成语"画龙点睛"就是关于他的传说。他绘画善于使用"退晕法"，讲求明暗的烘托，所画"凸凹花"有很强的立体感，类似于今天速写的"疏体"，其绘画艺术对唐代乃至于后世画坛都有极其深远的影响。

这首题画诗中，诗人抓住了画中人物特点，又将自己的情感融入其中，营造出了"画中人"仿佛立于眼前的逼真艺术效果。打开画卷，原来，画的是一个独自在松下休憩的醉酒和尚。

人人都知道怀素的酒量，所以真心送他酒喝的人，从来就不会按照斤两去买酒。他躺在松树间休息，树枝上还挂着酒葫芦，葫芦里装的是满满的美酒。每当他酒意正酣、书性大发时，便犹如狂颠症发作一般，大书特书。

我心有佛不在酒，书上狂颠画中求。怀素一心向书，根本无心求法修禅，所以经常吃肉饮酒。唐任华有诗写道："狂僧前日动京华，朝骑王公大人马，暮宿王公大人家。谁不造素屏，谁不涂粉壁。粉壁摇晴光，素屏凝晓霜。待君挥洒兮不可弥忘，骏马迎来坐堂中，金盘盛酒竹叶香。十杯五杯不解意，百杯之后始癫狂……"这首题画诗与画堪称绝配，诗人与画中醉僧也是如出一辙。

全诗气韵雄厚，既见真情，又见真性。怀素通过这首题画诗委婉地表达出了对此画的喜爱，也毫不遮掩地表明了自己酒肉和尚的身份和对于书法艺术的无限热爱。

　　首句"人人送酒不曾沽"是对画中和尚的揣测之语，也是他自己喝酒的状态。"沽"就是买的意思，和尚只会化缘，不会使用世俗的"铜臭"去换酒。可是他所画之物恰恰是佛门所不允许的"杯中物"，这是不是很奇怪呢？第二句"终日松间挂一壶"是对画面的直接描写，也是他酒量的真实写照，"终日"即整天。他天天泡在酒里酒量能不好吗？所以才有资格和诗仙李白同饮。

　　第三句"草圣欲成狂便发"是诗人在观画时心中所感。他联想到了自己平时练书法的状态，还加上了自己对书法艺术的思考：欲成草圣，先要发狂，醉酒只是一个引子而已。末句"真堪画入醉僧图"是诗人自己真实想法的表达：要是画中的是自己该有多好，这样饮者之名便可随着画作流芳百世了——诗人从侧面表达了对画作本身的赞美和喜爱之情。

雍陶　五柳先生本在山，偶然为客落人间

和孙明府怀旧山

[唐]雍陶

五柳先生本在山，偶然为客落人间。

秋来见月多归思，自起开笼放白鹇。

雍容才思出穷笔，陶然志趣在人间

　　雍陶，晚唐诗人，字国钧，成都(今四川成都)人。他精通诗文辞赋，喜好交游，其诗多为山水题咏和与朋友送别时的寄赠作品。如果说雍陶身上最突出的特点，那么一定是他那浓厚的文人气质。他在晚唐诗坛地位较高，诗歌曾引领一时风尚。可就是这样一位大诗人，年轻时也是吃尽了苦头。

　　晚唐时期，恰逢四川内乱，家境贫寒的雍陶只能四处流浪。为了改变自己的命运，雍陶发奋读书。后来他不仅考取了进士，而且才华也得到许多社会名流的肯定。年轻气盛的雍陶渐渐变

得恃才傲物起来，就连自己的亲戚和朋友都爱答不理。

雍陶的老舅李敬之未能举进士，他受不了这个傲慢外甥的无礼对待，因而一气之下就回了老家，在途中就写下了"地近衡阳虽少雁，水连巴蜀岂无鱼"的诗句来讽刺雍陶。雍陶接到了负气返乡的舅舅寄给他的诗，仔细体味其中真意之后，才意识到自己的失礼之举，懊悔不已。后来，因为此事，舅甥之间的往来书信也渐多起来，两人最终还是重归于好。我们通过这件事情可以看出雍陶那"真自我"的文人气质。

雍陶的官场之路辗转波折。他曾担任过侍御史，授国子毛诗博士，也曾出任过简州刺史，世称"雍简州"。随着雍陶仕途的顺达，他的诗名也日趋盛大，交往的都是贾岛之类的著名诗人。雍陶甚至对自己的诗文很是得意，认为自己可以跟六朝时候的著名诗人谢宣城（谢朓）、柳吴兴（柳恽）相比肩。

但是，有个聪明机敏、能言善辩的秀才，名叫冯道明。一日，冯道明来到雍陶官邸外，想请雍陶出来一见。守卫就问冯道明："你与雍大人有何交情？"冯道明回守卫说："我与雍太守是故交。"守卫不敢怠慢，马上把他引入府衙内，并如实禀报给了雍陶。

当雍陶起身迎接冯道明的时候，发现自己并不认识冯道明，于是十分生气地质问道："大胆狂生，你我素昧平生，怎么信口开河，说咱们有交情？"

　　然而这个冯道明却不慌不忙地解释说："晚辈平日里拜读过您许多诗文佳作，虽然你我相隔遥远，却心意相同，魂灵神交已久。"话音刚落，冯道明紧接着又用高昂的声调，背诵起雍陶所作佳句来："立当青草人先见，行近白莲鱼未知……""江声秋入峡，雨色夜侵楼……"面对崇拜者赤裸裸的追捧，雍陶早已陶醉，完全沉浸在自己诗文被广为传颂的得意之情中。随即，他热情地接待了这位不速之客，并引入厅堂与他热烈地交谈，临别时还赠钱赠物，表达自己对冯道明倾慕之情的感谢。

　　在雍陶出任刺史时，还有一段趣闻。相传，要出城必经城外那座"情尽桥"。据说，人们送亲友远行时，往往送别到此地便分手。一次，雍陶送友人至此桥时，随行仆人郑重其事地劝阻他说："老爷，我们可以停住脚步了，因为前面就到情尽桥了。"

　　雍陶闻听此言，心中顿生疑虑，便对众人说："人们都说这世间只有感情是没有穷尽的，到了这里怎么就穷尽了呢？"说完他让仆人拿来纸笔，思索一番后，借古乐府诗歌《折杨柳》的题意，将该桥重新命名为"折柳桥"。还题诗在桥堍的勒石之上，其诗曰：

　　从来只有情难尽，何事呼为情尽桥？

　　自此改名为折柳，任他离恨一条条。

　　不久，这首诗便在坊间传开了，人们在临别之时都会吟诵此诗，以表离别的愁绪。这也恰恰说明了他那"真重情"的文人气质。

后来，雍陶辞官闲居，游历名山大川，随性洒脱一如既往。

秋来庭下见归思，复返山林放白鹇

此诗是雍陶为了与友人孙明府所作思乡诗篇《怀旧山》相唱和而作。全诗充满了对自由人生的向往与渴望，表达了对家乡的无尽思念之情，能够引起读者的强烈共鸣。

而后出现的这幅《秋庭放鹇图》就是根据诗人雍陶的《和孙明府怀旧山》的意境所绘，绘者是清代画家焦秉贞。

焦秉贞，宫廷画家，字尔正，山东济宁人。康熙年间曾供奉内廷，任钦天监五官正。焦秉贞是外国传教士汤若望的徒弟，懂天文，善绘画。他画工精湛，长于人物，画技兼容并蓄，参用西洋艺法，代表作有《仕女图》《耕织图》等。他所开创的"西学派"与明代画家曾鲸（字波臣）的"波臣派"、清代画家禹之鼎的"白描派"并称为"肖像画三大派"。

打开画卷，那画中人物个个神态愉悦，动作潇洒，原来是一幅表现高士隐居生活的《秋庭放鹇图》。五柳先生陶渊明本来就应该是生活在山村田园的隐逸高士，他只是偶然间从天上落到了这世俗中，官场的羁绊和红尘的纷嚣都无法扰乱他那颗自在于山林的心。他身着宽衣大氅，头发简单地束起，安逸闲适地坐在树下的长椅上。庭院中古木参天，就好像诗人的心思一样，一直向天外生长蔓延，又像一个天然的伞盖，遮蔽着诗人那颗高洁的心。诗人双手自然交叉，轻放在膝盖上，衣褶自然垂下，和那好像根根皆可细数的美髯形成了线条上的反差。

每逢秋时，诗人看见天上的月亮，都会在心中油然生出思乡情感。心下想着：我虽不能归乡，但可以成全白鹇，打开鸟笼让它们重回故乡。

想到这些，他呼唤出家里的几个顽皮的孩童，一同把饲养在笼子中的白鹇放归天际。岁数稍长一些的孩子，嬉笑着打开笼门，任凭那禽鸟自己飞出。他们仰面躬身，好像在手舞足蹈，眼睛中流露出兴奋和喜悦。那些年纪尚幼的童稚在衣着朴素的妇人怀中，也高兴地握着几只小鸟，不忍放手。那侍女站在先生身后，可能是站立太久身体疲倦了，就轻轻依靠在椅背，用轻快的语气对先生说："已经放归自然的白鹇，应该是自在逍遥了。"

先生表情凝重，若有所思，眼睛看着翱翔的白鹇，仿佛心已经随它们远去。孩童们在自顾自地玩耍，几只白鹇在云天外发出鸣叫，好像在和地上的人们辞别。

挣脱樊笼向天际，物有归心似我心

这首诗描写的是诗人那位当县令的孙姓友人。因为友人在任上深受官职的拘束，思念家乡而不得自由，只能将这份深沉的思念寄托于《怀旧山》一诗中。雍陶得知此事后，也十分感慨，于是唱和着写下了这首《和孙明府怀旧山》。

在这首和诗中，雍陶推己及物，借物咏怀，将这份归乡之心寄托在自己所养的白鹇身上，于是打开竹笼，将其放归天际。

在诗歌的前两句"五柳先生本在山，偶然为客落人间"中，诗人将孙明府比作了东晋著名隐士、田园诗派的大诗人陶渊明。陶渊明在其所作带有自述性质的《五柳先生传》中，曾写到因宅前有五棵柳树，故给自己取了个别号"五柳先生"。诗人认为友人与"不为五斗米折腰"的陶渊明很像，也相信终有一天友人会和陶渊明一样，弃官回乡，归隐山林，于是就化用了陶渊明的典故，暗指友人孙明府与陶渊明有着相同的追求。

"秋来见月多归思"中的"秋"字点明了季节时序。自古文人就有望月怀远的情结，无论是"举头望明月，低头思故乡"的李白，还是"今夜月明人尽望，不知秋思落谁家"的王建，抑或"但愿人长久，千里共婵娟"的苏轼，无不把这思乡之情寄托于那轮皎洁的明月。此句看起来虽寻常无奇，却为下句埋下了伏笔。

尾句"自起开笼放白鹇"堪称神来之笔。"白鹇"是一种产于我国南方的形似山鸡、羽毛白色的水鸟。诗人将友人比作笼中白鹇，这一构思十分巧妙。白鹇久困竹笼，被人饲养，就好像孙县令久在官场，困于樊笼而身不由己。白鹇的寂寞与孤苦，恐怕也只有回不去故乡的友人才能感同身受吧。

于是，孙县令命人打开牢笼，放飞白鹇，其实是在放飞自己那颗希望归乡的心，是自己寻求心灵解脱的一种方式。白鹇身上有两翼，可以振翅归故乡，可孙某人却脚上有镣铐，头上有紧箍，无法自由。这种鲜明的对比十分精妙，以物喻人，借物咏怀。东坡先生有诗云："常恐樊笼中，摧我蛮鹤襟。"其实人与物之间本就没有距离，都是自然界中平等的存在。诗人从孙友人同情白鹇的这份感情入手，用物我合一的笔触，将一切复杂情感都寄托于一个"放"字上。

世间就如樊笼，人心似鹤似鹇，放得下才能自在，放不下便会久困樊笼。所以，人生最重要的选择就是放过自己，勇敢地追求心中所想，真心对待每一件事、每一个人。只有这样才能活出自我与自信，成为一个像诗人一样重情重意的"真人"。

倪瓒 凌波微步袜生尘，谁见当时窈窕身

题《元卫九鼎洛神图轴》

[元末明初]倪瓒

凌波微步袜生尘，谁见当时窈窕身。

能赋已输曹子建，善图惟数卫山人。

倪虹初见立云天，瓒玉细磨功竟成

倪瓒，元末明初画家，初名珽，字泰宇，后字元镇，号云林子、荆蛮民、幻霞子等，江苏无锡人。他诗词绘画书法无不精通，绘画风格上深受赵孟頫影响，多采用"折带皴"（以侧锋干笔作皴，以展现疏林坡岸、幽深旷逸）的画法，与黄公望、王蒙、吴镇合称"元四家"。存世画作有《渔庄秋霁图》《六君子图》《容膝斋图》等。倪瓒是一个诗、书、画三绝的高士，可他一生却坎坷曲折。

相传，倪瓒有重度洁癖，他曾建了一座空中楼阁用来如厕，

专门取名为"香厕"。这是一座用众多香木建成的悬空的楼阁，先是用香木搭架子，下面填土，中间用洁白的鹅毛铺就，这样在上面排出的粪便就会被鹅毛覆盖，人就闻不到污秽之气了。他所使用的文具必派专人负责，时时清洗擦拭，就连院子里的梧桐树，他都命仆人早晚各擦洗一遍。

一次，有朋友到倪瓒家做客，由于天色已晚，倪瓒便让朋友留宿自己家中。这一晚可忙坏了倪瓒，他担心朋友不爱干净，一晚竟起身视察三四次。忽然听朋友咳嗽，他更是担心得一宿没睡。到了天亮，他便急忙命令仆人去朋友房间找其吐的痰。可仆人没有找到，怕主人责骂，只好随便捡了片树叶，指着稍微有点脏的地方说找到了。他斜睨一眼，便万分厌恶地闭眼捂鼻，叫仆人马上送到三里外丢掉。

倪瓒青年时期家境十分优渥，家里有一座高三层的藏书楼，名叫"清秘阁"，内藏经、史、子、集、佛经、道籍数千卷。他每日都在楼上研读诗书典籍，广泛涉猎各个领域。"清秘阁"中还藏有历朝书法名画，远溯三国时期钟繇的《荐季直表》，近至宋代米芾的《海岳庵图》，其丰富的收藏让年轻的倪瓒大开眼界。他用心钻研其中门道，细心学习其中奥义，为他继承传统技法和博采众家之长提供了机会。他将所获心得应用于外出写生的实践中，这也奠定了他日后在文人山水画上的地位。

关于这座楼阁还有一则趣闻。清秘阁是倪瓒家藏书画古籍之所，旁人不得入内。有一次，倪瓒的母亲病了，葛仙翁来家看病。等葛仙翁看完病，又要求去清秘阁看看，倪瓒只好同意。这个葛仙翁不仅到处乱翻，还随地吐痰，此后倪瓒终身没再进入此阁中，可见他的洁癖已经到了多么严重的地步。

倪瓒除了有重度洁癖，本身也是个古怪之人。他寄住的邹家有个女婿叫金宣伯。一日，金宣伯来拜访岳父，倪瓒听说他是个读书人，连鞋子都没来得及穿就急忙上前迎接。但当他看见金宣伯不仅长相一般，而且说话还粗鲁，竟愤怒到伸手打了金宣伯一巴掌。金宣伯既憋气，又恼火，没等见到岳父就走了。事后，邹先生责怪倪瓒，可他却说："我是因为你女婿面目可憎且言语无味才把他骂走的！"

倪瓒很喜欢饮茶品茗，他还特制了一种名叫"清泉白石"的茶。一次，赵行恕慕名而来拜访他，倪瓒便用此茶招待他。也许是赵行恕赶来的路上正好口渴，便大口大口地喝起来。倪瓒问赵行恕这茶的味道如何，赵行恕认为这茶喝起来味道一般，并没有传说中那么好。

倪瓒生气地说道："我以为你是皇孙贵胄，能喝出这茶的高级之处，才拿出如此顶级的好茶来招待你，谁想你竟然一点品味都没有，真是庸俗的废物啊！"就因为这一点小事，他竟从此和赵行恕绝交。

人生风雨难测。后来倪瓒的长兄倪昭奎突然病故，之后倪瓒的母亲邵氏和老师王仁辅也相继辞世，倪瓒的生活一下子从天堂掉到了人间。紧接着，他又因欠交官租被关进牢狱，从人间下坠到了地狱。

生活并没有选择放过这个落魄的人。长子早丧，爱妻蒋氏病死，次子不孝，倪瓒的精神受到了极大的打击，他一下子体会到了孤苦无依的感觉。

到了明初，明太祖朱元璋曾召倪瓒进京供职，倪瓒竟毫不犹豫地拒绝了，并写下《题彦真屋》一诗，诗中"只傍清水不染尘"一句表明了他无心仕途的心意。倪瓒与画家黄公望交好，两人在艺术上惺惺相惜。黄公望曾花十年时间替倪瓒画《江山胜揽图》卷。此卷长二丈五尺余，堪称黄氏浅绛山水中的杰作。后来，倪瓒也随黄公望信仰了全真教，并逐渐养成了孤僻的性格和消极避世的思想。他在绘画上也受这种思想的影响，形成了苍凉古朴、静穆萧疏的风格。

倪瓒面对一连串人生的打击，始终以消极的态度回应，他的那首散曲《折桂令》就道尽了自己一生的辛酸与坎坷："天地间不见一个英雄，不见一个豪杰。"

洛水女神窈窕身，凌波微步袜生尘

这首题画诗是倪瓒为元代的画家卫九鼎创作的《洛神图轴》

所题。这幅画以三国曹植的《洛神赋》为创作素材，全画只描绘了洛神一人，着力突出洛神的灵秀气韵。画家以简单率性的清淡笔墨渲染出了山丘远景，衬托出画中江面景色的清新空旷。全画最大的特点就是大量使用白描的绘画技法，用墨清淡素雅，以表现洛神娴静飘逸、优雅绝尘的独特气质。

展开画卷，群山远黛，水光潋滟，一位神女伫立眼前。看那开阔的江面水波微微、线条跃动，在阳光的照耀下蒸腾出阵阵水汽。在这云雾之中，一位身着白衣的神女升腾而起，仙气缭绕，裙裾飞扬。她手持一把团扇，扇子上绘制着山水风貌。她身形窈窕纤细，仪态万千，端庄的容貌散发着光华，一看这娴静安适的神态就知道她不是凡人。神女仙骨轻盈，凌波微步，正乘着云雾，驾着清风前行。诗人认为，山人卫九鼎的绘画技术是最好的。

通过前文介绍，我们知道倪瓒这个人性格古怪，从不轻易夸赞他人的绘画作品。这幅画能得到倪瓒如此认可，足以看出卫九鼎绘画水平的高超。

妙手再现神女风貌，题诗夸赞画艺高超

倪瓒本身就是个大画家，他的作品影响甚大，明代江南文人甚至还把家中有无收藏他的绘画当成鉴别其人雅与俗的标杆。

他的一些绘画技巧和理论观点对后世画坛产生了深远的影响，开创了文人山水画的新一代画风，是一位宗师级的画家。此外，他还被评为"中国古代十大画家"之一，并作为世界文化名人被收录到英国大不列颠百科全书中。

这首题画诗的首句"凌波微步袜生尘"，化用了曹植《洛神赋》中的"凌波微步，罗袜生尘"，一下就点明了画中人物的题材与背景，让读者易于理解。次句"谁见当时窈窕身"，将画中洛神与文章中的神女相互联系，用"窈窕"一词写出了女性柔美轻盈的体态。

画家凭借精湛的画艺将神女的风采再现于笔下，这其实是从侧面夸赞画家卫九鼎的绘画水平高超。第三句"能赋已输曹子建"，用曹植为洛神作赋一事来与画家作神女图画像比较，说明二者都是千古佳作，无人能出其右。最后一句更是直抒胸臆，用"善图惟数卫山人"来夸赞卫九鼎画工精绝，技艺超群。

郑元祐　白月遭蟆蚀不尽，清光依旧满人寰

东坡笠屐图

[元]郑元祐

得嗔如屋谤如山，且看蛮烟瘴雨间。

白月遭蟆蚀不尽，清光依旧满人寰。

郑老元光笔底流，祐左为教心中悠

郑元祐，元代著名的书法家、儒学大家，字明德，处州遂昌（今浙江丽水遂昌）人。他自幼聪颖好学，十五岁就能赋诗，因年幼时伤右臂，于是改用左手写字，自号"尚左生"。他不仅字体书写规范，还能书写多体，当时吴中碑碣序文之作多出其手，广受世人赞誉。

郑元祐"素不喜著书"，但他的文章却颇负盛名，顾嗣立在《元诗选》中评价他："为文章滂沛豪宕，有古作者风，诗亦清峻苍古。"当时，昆山富豪顾仲瑛轻财结客，筑别墅，曰"玉山

草堂",是四方文人名士文会之胜处。郑元祐堪称玉山草堂座上宾,他所作碑碣、文章和书法皆绝妙,为东吴士人所推崇。

东坡笠屐过田庄,蛮烟瘴雨伴徐行

这首题画诗是郑元祐为《东坡笠屐图》所作。虽说现今学界对谁是《东坡笠屐图》的始创者以及这一故事本身的真实性都存有争议,但人们对于一代文豪苏东坡的美好憧憬却不曾停止过。

苏轼的一生,用他自己《自题金山画像》一诗来概括就是:"心似已灰之木,身如不系之舟。问汝平生功业,黄州惠州儋州。"这位大才子、大文豪认为自己一生中最精彩的时刻都是在被贬期间,也正是经历了这样的磨难,他才能从苏轼蜕变成那个豁达洒脱的苏东坡。

打开卷轴,原来画的是宋代大文豪苏东坡。被贬儋州后,苏东坡常与好友黎子云往来。因为在当地无人相识,所以他时常一个人到城北郊外子云家游玩,有时会与路遇的山野人家闲聊。一次,他正好赶上突降大雨,于是就向农人借来箬笠与木屐。回家路上,妇人和小孩都笑他衣着古怪,就连乡下的野狗也追着他狂吠。他自嘲地说:"笑所怪也,吠也怪也。"他的这种潇洒,后人难以企及,也因此传为一桩美谈,这就是后来的

"东坡笠屐"的故事。

元人郑元祐很喜欢在自己的创作中用东坡韵。在这首题画诗中，他概括了苏东坡坎坷的一生，表达了自己对这位文化名人的无限同情。这其实也从侧面说明了他也有类似的失意之事，并且也选择了像东坡先生一样甘于闲居尘世。

郑元祐一生渴求功名，但无奈入仕无望，惆怅的他因此内心万分矛盾。他虽然过着半隐居的生活，但他也像苏东坡一样心系百姓疾苦，主张大力发展西北水利，以就近解决大都粮食供应问题。这不难看出郑元祐对于国家大事和民生事业的关切之心。

在这首题画诗中，与苏轼一样郁郁不得志的郑元祐，将自己的个人情感通过对古来圣贤的赞美含蓄委婉地表达了出来。首句"得嗔如屋谤如山"中，诗人用比喻的修辞手法将来自他人的"嗔"与"谤"比作了屋子和大山，生动形象地写出了陷入嗔怒中的苏轼的处境。他仿佛被困在了一间没有门窗的屋子中，面对横亘如山一般的诽谤也百口莫辩。也许是诗人自己也经历过这样的人生挫折，所以，他才能将这种无奈的境遇展现得如此淋漓尽致。

第二句"且看蛮烟瘴雨间"中，诗人又将眼前图画中的烟雨瘴气与苏东坡人生道路上的困难联系起来，其实也是在说自己也面临同样的困境。可仔细想一想，谁又不是一直在这人间炼狱中摸爬滚打？只不过很少有人能像苏东坡一样处之泰然、襟怀坦荡。

苏东坡就像这夜晚天幕上的月亮，皎洁无暇，即使是广寒宫里住着的蟾蜍也无法将这光华侵蚀。他的人文情怀和高尚品格就好像月亮洒下的清辉，光芒照耀在人间的每一个角落，点亮每一个落魄失意人的内心，带给他们无限的安慰与希冀。

钱宰　乐府梨园曲慢裁，内家新奏牡丹开

题牡丹仕女图

[明]钱宰

乐府梨园曲慢裁，内家新奏牡丹开。

下阶立得花阴转，李白承宣诏未来。

钱宰，元末明初诗人，字子予，一字伯，会稽人。钱宰善写诗，《四库总目》赞其诗"吐辞清拔，寓意高远"。现传世作品有《临安集》。

钱宰出自名门，是吴越武肃王十四世孙。弱冠之年就因才名闻名乡里。他曾经在元朝中过甲科。皇帝要授予他官职时，他以父母亲年迈需要照料为由推辞了，后来就留在乡里教授学问。建文帝的老师唐之淳和众多官员都是他的门生。

元亡入明以后，钱宰以明经身份被朝廷征用，先是当了一名国子助教，后晋升为博士、翰林，专门负责撰写功臣诰命。由于撰写了《金陵形胜论》和《历代帝王乐章》，钱宰深受明太祖朱元璋赏识。但后来钱宰逐渐厌倦了官场的生活，有了辞官

归隐的心思。

有一次，钱宰在闲暇之余感慨地吟诗一首，其诗云："四鼓咚咚起着衣，五更朝罢尚嫌迟。何时得遂田园乐，睡到人间饭熟时。"等到第二天，他上早朝时，朱元璋一见他便说："昨天爱卿作的诗不错，不过朕可没有嫌你的意思啊，不如把'嫌'改为'忧'如何？"钱宰听完吓得冷汗直流，立即磕头谢罪。

朱元璋又说："朕今天就放你回乡，让你天天都能睡到自然醒。"于是，钱宰就于洪武十年（公元1377年）正式告老还乡了。他幸运地摆脱了这种"伴君如伴虎"的压抑环境，放逐了心情，因而也换得半世逍遥，十分长寿，最终活到了96岁。

《明史》中还记载了另一件事：朱元璋有一次在看蔡沈的《书传》时，发现其中很多内容都与朱熹的《诗传》相悖，于是就下旨广召宿儒校对订正该书。时任兵部尚书的唐铎就举荐了告老还乡的钱宰。事成后，钱宰还为此事赋诗歌咏。皇帝十分高兴，为此书赐名《书传会选》，并颁行天下，还赏赐了钱宰很多财物，之后没再为难他，又放他回乡了。

这遭遇是不是跟唐代那位"赐金放还"的李白特别像？他们一样才华出众，一样不愿"摧眉折腰事权贵"。钱宰作为一个读书人，身居高位时选择急流勇退，实在是太明智了！

牡丹初放吐雍容，美人娇颜映花红

题画诗以绘画艺术为歌咏对象，感发兴会，或描写画面，再现画境，或赞誉画家，品评画艺、画理，或抒写观画感受，表达自我感慨。这首题画诗与同时代画家唐寅所作的《牡丹仕女图》相得益彰。

仕女图中的仕女形象娟秀端丽，眉目和发髻都勾勒得十分精细，晕染匀整，极具北宋画家李公麟的绘画风采。衣服的纹路线条遒劲畅利，吸取了南唐及元朝时期画家的刚健方折的笔法，具有刚柔并济、工写并用的特点，创造了明代仕女图画的新典型。

唐寅虽才华出众，但身世经历却十分凄惨。他曾写过一首自况、自谴兼以警世的《桃花庵歌》流传后世：

桃花坞里桃花庵，桃花庵下桃花仙；桃花仙人种桃树，又摘桃花卖酒钱。

酒醒只在花前坐，酒醉还来花下眠；半醒半醉日复日，花落花开年复年。

但愿老死花酒间，不愿鞠躬车马前；车尘马足富者趣，酒盏花枝贫者缘。

若将富贵比贫贱，一在平地一在天；若将贫贱比车马，他得驱驰我得闲。

> 别人笑我太疯癫，我笑他人看不穿；不见五陵豪杰墓，
>
> 无花无酒锄作田。

唐寅把自己描写成一个淡泊名利，不慕权贵的风流才子，静卧桃花树下，饮酒赋诗，过着神仙一样的生活。可现实中的他却归隐乡下，贫困潦倒。这种理想与现实虽然具有强烈的反差，但并没有让这位桀骜不驯的画家改变，他还是那个向往平淡而又真实的桃花仙人。他将自己对美好的向往，描绘在他的一幅幅图画之中。唐伯虎特别擅长画美人图，笔意如仙，运笔如行云流水，潇洒大方。

明朝时期的仕女图都极具画家个人特色，钱宰用自己的仕女图画抒发了自己的感慨。

展开画轴，原来是一幅仕女手执牡丹图。

看那女子高梳云髻，寸寸青丝根根可数，头上还戴着精致的簪花，体态丰盈，姿态万方。仕女右手持一把丝绢团扇，左手擎着一枝娇艳的牡丹花，花与叶相呼应，人与花相映衬，花自是开得艳丽娇媚，人也是娟秀端丽。

人生自无千日好，未有娇花开百年

从钱宰到唐伯虎，从牡丹到李太白，这些看似没有丝毫关联的人与事之间，其实有着千丝万缕的联系。当朝为官，伴君

如伴虎，自己就像这美丽的牡丹花一样，花开虽好，但往往红不过百日。钱宰、唐伯虎、李白哪个不是心有大志，希望一展才华？可惜到头来，三人竟然殊途同归，全都选择了远离朝廷。

这首题画诗中，诗人钱宰从历史的角度入手，以一枝牡丹作为联想的突破口，回溯到唐朝，借古讽今，委婉地表达了自己不愿意侍奉君王、希望归隐田园的心意。首句"乐府梨园曲慢裁"中的"梨园"，相传就是唐玄宗和杨贵妃唱戏的地方，乐府曲指的是《清平调》。第二句"内家新奏牡丹开"中"内家"指皇家内侍，"牡丹开"描绘的是唐玄宗和杨贵妃在沉香亭赏牡丹花的情景。

接着，"下阶立得花阴转，李白承宣诏未来"一句描写了二人等待李白的场景。他们从台阶走下，在花丛中流转徘徊，等待着李白奉诏而来，可是这位大诗人却迟迟没有出现。李白身上这种"天子呼来不上船，自称臣是酒中仙"的独特气质，被唐伯虎完美地继承下来。唐伯虎醉卧桃树下，闻着桃花香，不问世事，这份洒脱和李白不畏王权的性格十分相近，他们二人的精神和品质让钱宰欣羡不已。

沈周　踵息一闭九千岁，凌空游行犹带醉

题吴伟《画北海真人像》

[明]沈周

北海真人知为谁，坐跨灵龟食牡蛎。

元君驭气授真诀，风雨雷电相追随。

踵息一闭九千岁，凌空游行犹带醉。

有时光景照尘寰，暂得仰瞻消万罪。

沉湎仙山顾竹林，周寒微起有清音

　　沈周，字启南，号石田，又号白石翁、玉田生等，长洲（今江苏苏州）人。他是明代中期吴门画派的创始人，与文徵明、唐寅、仇英并称"明四家"。现有传世作品《庐山高图》《秋林话旧图》《沧州趣图》，著有《石田集》《客座新闻》等。

　　沈家世代隐居吴门，沈周的父亲和伯父都以诗文书画闻名乡里，因此他能书擅画实乃家学渊源。青年时代的沈周博览群

书，才华横溢，最擅长绘画，有"明朝第一"的美誉。像他这样能力突出的人，如鹤立鸡群，沙中黄金，很容易脱颖而出。郡守想举荐他为贤良，王公大臣也想让他当手下，但他都一一拒绝，毅然决然地选择了归隐田园。他对父母十分孝顺，父亲过世后，有人劝他考取功名，他以母亲年迈需要他照顾为由，婉言相拒。也是因为母亲的缘故，他终生没有出门远游。

沈周这一生都闲赋在家，吟诗作画，游于山野。他追求精神上的高度自由，不屑与污浊的现实为伍，因此，终其一生也未曾参加过科举考试，始终沉浸于自己的书画创作中。沈周见识深远，学识也十分渊博，加上他平日里广交朋友，为人又十分谦和，所以在乡人中十分具有威望。他对待上门来求取书画的人十分大方，从不拒绝，甚至有人拿他的赝品来让他题款，他也不生气。文徵明也因此称他为飘然世外的"神仙中人"。沈周在文人画领域堪称承前启后。他绘画造诣尤深，既能画山水花鸟，又擅长人物，绘画方法上博众家之长，因此被时人誉为"吴门画派领袖"。

真人骑龟渡北海，风雨雷电常相随

这首题画诗是沈周为明代画家吴伟绘制的《北海真人像》所题。

吴伟，明代画家，字次翁，号小仙，江夏人。相传，吴伟少年时在绘画方面就展现了惊人的天赋，一生曾三次被皇帝召见，被赐予过锦衣卫镇抚的职位以及"画状元"印章，并在皇家画院供职。性格放荡不羁的他与这纷繁复杂的宫内制度格格不入，每当皇帝想让他作画时，他都酩酊大醉。虽然吴伟深得皇帝赏识，但他最终却因贪恋"杯中之物"，被免去了画院的职务。

展开画卷，仙气缭绕，原来是一幅《灵龟真人图》。

眼前江水滔滔，水草丰茂。一位身着道袍的仙人跪乘在灵龟背上，手持一柄如意，眼神中透出智慧。他身着宽衣大袖，头戴方巾飘带，腰扎丝绸，冯虚御风，飘洒逍遥。座下之物，应该就是四灵兽之一的"玄武"了。它漂浮于江面之上，载着仙人，那江风吹动着仙人的衣带，灵动飘逸，好一个自在神仙。

不知谁人认识这位北海真人呢？如果凡人能有幸目睹到仙人的清气神秀，仰首瞻顾他的风采，那便能消弭万千业障。

画中仙人真性情，凭虚凌空犹带醉

沈周既是画家，也是诗人，所以他对于诗画艺术有着敏锐的直觉。在这首题画诗中，他对吴伟所画的《北海真人像》评价很高，其中那句"踵息一闭九千岁，凌空游行犹带醉"，其实是将画家本身的性格特点与脾气秉性和真人像相融，让作品多了许多画外之趣。

其实，沈周也是一个带着出尘气息的文人，正因如此，在他的题画诗中才能表现出"不食人间烟火"的超凡脱俗的意境。

首联"北海真人知为谁，坐跨灵龟食牡蛎"中"北海真人"的典故出自《淮南子》。相传在秦代，博士卢遨曾一心想去北海求仙问道，在经过北海的时候，偶然间见到了真人。他十分仰慕真人的高雅气度，因而想约真人一同游天下。可惜卢遨只是一介凡夫俗子，无法御风飞翔，最后只能远远地望着北海真人消失在天际，徒留自己在地面发出阵阵感叹。

颔联"元君驭气授真诀，风雨雷电相追随"，诗人又充分发挥自己的想象力，在脑海中这样幻想这位北海元君：他懂得驾驭空气的真言口诀，能呼风唤雨，控制电闪雷鸣。此句旨在渲染全诗如梦如幻的气氛，让读者能够深入其中，感受这迎面而来的仙风道骨。

颈联"踵息一闭九千岁，凌空游行犹带醉"中的"踵息"一词，出自《庄子·大宗师》："古之真人，其寝不梦，其觉无忧，其食不甘，其息深深。真人之息以踵，众人之息以喉。"意思是说，古时候的修道之人，睡觉时都不会做梦，醒来时亦没有忧愁，他们吃东西不追求食物的甜美，呼吸吐纳时气息深沉绵长。再看"凌空游行犹带醉"一句，诗人又将真人形容为饮酒而醉、个性豪爽的仙人，这也似乎在暗指画这幅画的画师吴伟性格豪迈。艺术创作最难能可贵的就是个人主观意志和情感的表达，因为这种匠心独运往往是发自心灵的，不容易引起他人的共鸣。无论是题画诗，还是真人像，都是创作者内心经过不断的编排和考量才画出来的，所以也最为珍贵。

尾联以"有时光景照尘寰，暂得仰瞻消万罪"为全诗作结，从整体上概括了仙人与众不同的气质和自身散发出的迷人光芒。诗人还夸张地说"仰瞻消万罪"，这就更加神话了真人的地位，让人心神向往。

唐寅　秋来纨扇合收藏，何事佳人重感伤

秋风纨扇图

[明]唐寅

秋来纨扇合收藏，何事佳人重感伤。

请把世情详细看，大都谁不逐炎凉。

向来多才作诗画，不慕功名爱美人

晚年的唐寅将诗才掩于书画当中。他的诗文以才情取胜，多题画、感怀之作。他早年的文学作品工整妍丽，有六朝骈文气息。泄题案之后，他写的诗文多是一些伤世之作，不拘成法，满是傲岸不平之气，而且还使用了大量口语，情真意挚，意境清新。

清人钱谦益在《列朝诗集小传》中曾对唐寅大加称赞："文章风采，照曜江表。""晚益自放，不计工拙，兴寄浪漫，时复斐然。"唐寅至交好友祝允明也盛赞其才华："气化英灵，大略

数百岁一发而钟于人。"惋惜他英年早逝："一旦已矣，此其痛宜如何置！"

唐寅诸多画作中的题画诗真实地记录了他的日常生活状态，如独坐、雅集、送行、品茗等等。他还写过一些感悟自然神奇的作品，如看泉、听风、远眺、渔隐、骑牛等。

我们可以在唐寅的题画诗中发现处处都有探求"小我"真实存在的痕迹。这个"我"通过他笔下人物的精神状态表现出来，使得他的诗文不再简单地追求肖物，张扬独特个性成为他诗文的宗旨和归宿。

唐寅善画人物。在他众多的绘画作品中，人物画占一定比重，其成就最高的要数仕女图。他的这类艺术作品以其新颖的题材、巧妙的构思和美丽娟秀的笔墨而闻名，堪称画中珍宝。他人物画中的题诗，不仅拓宽了绘画本身的意境，而且和谐点缀了画面，并通过构筑"有我之境"来张扬自我个性，超越了"诗画一律"，使多种艺术形式相互交融。他时常引用典故，打破了绘画的束缚，从而拓宽了画境，让作品更耐人寻味。

除诗文与绘画外，唐寅也尝试作曲，且多采用民歌形式，加上他深厚的文学艺术修养和广博的人生阅历，所以雅俗共赏，声名远扬。他还十分注重诗歌的音乐性特征，常以诗文在书画之上谱写一曲曲动人的歌谣，写尽这人间的沧桑变幻，唱遍这滚滚红尘的世态炎凉。

汉宫婕妤善歌赋，自比秋风悲画扇

唐寅以仕女为题材所作的人物画，从画法上大致可以分为工笔重彩和白描淡彩两种。特别是他的白描淡彩仕女图，在造型和构图上，整体效果简洁明快，具有线条优美生动、色彩清新流动的特点。这种画法在笔法上简易明快、刚柔并济，而且线条也粗细分明，快笔勾勒后再细致描摹，着墨轻重相宜，渲染有淡有浓，颜色也时深时浅。

这种技法的运用，让整个画面看起来更加立体而富有质感。他笔下流出的清丽雅致的文人修养，将其创作风格从严谨的院体画风中解脱出来，更能展现他闲适的书生气息和浪漫的文人情怀。

《秋风纨扇图》是唐寅水墨人物画代表作。打开画卷，那秋风中执扇的美人仿佛就在眼前。萧瑟的秋光中，一位仕女手执纨扇，站在立有湖石的庭院中。她身子微侧，凝视远方，眉色如黛，眼光中流露出无限的幽怨和怅惘。她的裙角在萧瑟的秋风中微微扬起，身旁几株竹子也跟着瑟瑟发抖。那衣裙的褶皱在方劲转折的笔力下如行云流水一般。

水墨在宣纸上晕染，线条在粗细间勾勒，那富有韵律的笔触在变换的色调的映衬下，仿佛唱出了一曲哀婉的悲歌。

汉成帝时期，曾经有位姓班的女子，因入宫给汉成帝做了婕妤，所以人们都叫她班婕妤。班婕妤才貌出众，倾国倾城，而且出自名门——父亲是立下赫赫战功的左曹越骑校尉班况。她在妇德、妇容、妇才、妇工等各方面的修养都堪称尽善尽美，时人都说："古有樊姬，今有班婕妤。"

然而，就是这样一位才貌兼备的女子，也抵挡不了皇帝的移情别恋。

失宠的班婕妤决定隐退长信宫。长信宫的生活每天都刻板而单调，通常是早晨宫门一开，她便逐个台阶打扫。时间久了，她也感到空虚寂寞，觉得自己就好像那一过秋天就被人丢弃的扇子，于是就写了一篇《团扇歌》(亦名《怨歌行》)来感怀经历："常恐秋节至，凉风夺炎热。弃捐箧笥中，恩情中道绝。"

昔日帝王恩宠时，常令其伴左右，就如同三伏天的团扇，爱不释手；可今朝，新人欢笑，旧人悲戚，正像这秋风起，清凉至，扇子自然就被弃箱底，无人问津了。

再看这画中美人，那青丝发髻高高挽起，淑静端庄，仪态万千。圆润的脸庞，散发出月光一般皎洁的光芒。可那忧愁又像天上的乌云一般遮蔽了她的笑容。也不知是感伤自身青春难驻，还是害怕世情可畏，就算是班婕妤一般才貌俱佳的女子，到头来也还是被这严酷世态和悲惨境遇折磨得日渐消瘦。

好个世情冷暖！好个世态炎凉！可这世间的人哪个不是喜

新厌旧，朝三暮四呢？

秋凉团扇压箱底，恩爱不能到百年

　　唐寅画的这幅《秋风纨扇图》，与前人所绘的仕女画在风格上有着明显的不同。前人所描绘的仕女在造型上多为雍容华贵、体态丰腴的贵族妇女，而他笔下的仕女眉目小巧，多有文静之气，这和他自身的经历是分不开的——唐寅曾一度绝意仕途，穷困潦倒，所画人物原型自然有社会底层妇女的影子。唐寅对这些身份卑微且出身贫贱的女子更多的是同情，这也逐渐在其画作中形成了一种独特的艺术创作风格。

　　这首题画诗将这种忧郁的气质和伤感的情绪渲染到了极致，是他在这一时期创作风格的代表。诗人借用"秋凉团扇"这个典故来抨击人心险恶和世态炎凉，更将班婕妤失宠的故事与自身多舛的命运相结合，伤感自己生活中的种种不幸遭遇。

　　首句"秋来纨扇合收藏"中的"纨扇"，指的就是"团扇"，又称"班女扇"，由描写扇子很自然地引出了汉代班婕妤的故事。另外，通过描写人们将扇子收藏起来一事，反映人心善变的本质，这样读者就很容易理解为什么下文"佳人重感伤"。接着，"何事佳人重感伤"一句与上文感情基调相同，诗人将自己的人生苦难际遇和挫折经历借助仕女之情表达了出来。

这幅画右侧裱绫处还有明人项元汴的两处题跋，其中一处写道："唐子畏先生风流才子，而遭谗被摈，抑郁不得志。虽复佯狂玩世以自宽，而受不知己者之揶揄亦已多矣，未免有情谁能遣此，故翰墨吟咏间时或及之，此图此诗盖自伤兼自解也，噫予肮脏负气者，览此不胜嚘喑，岂但赏其画品之超逸已哉。"另一处写道："子畏平生所画美人，纤妍艳冶几夺周昉之席，而此图独飘然翛然，悦如李夫人夜半絺帷姗姗来迟时也，笔墨至此间出神入化矣。"这两句既可以看作是对唐寅高超画技的赞美，也能从侧面看出唐寅在题画诗中的感受。

最后两句："请把世情详细看，大都谁不逐炎凉。"这是诗人在经历人生的大起大落后，发自内心的感慨。

正如清人林佶在此画左侧裱绫处题诗曰："六如跌荡失意人，写此风流得意笔。当时纨扇弃秋风，谁知尺幅垂今日。人生何必叹飘蓬，落花恩怨诉东风。我爱鬓丝禅榻畔，美人环佩伴诗翁。"

的确，唐寅是个一世"失意人"，宁愿选择逃避世间的人情冷暖，"老死花酒间"，也不愿"鞠躬车马前"。人活一世，草木一秋。无论你如何感叹，时间也不会为你停止匆匆的脚步，所以还是活得洒脱一些，生活态度积极乐观一点，这样才不会被困难吓倒，被挫折打败。从这个角度再看画中美人，心随境转，她的美丽不也被画家永远留存下来了吗？班婕妤退隐又何尝不是一种人生的大智慧，况且这种遭遇让她的诗名更加璀璨。

人生总有两面性，凡事还是往好的方向看吧，这样内心才能获得真正的解脱。

禹之鼎　侠骨嵯峨兴未屏，平生意气海漫漫。

牟司马相图

［清］禹之鼎

侠骨嵯峨兴未屏，平生意气海漫漫。

闲来看剑新成曲，付与佳人锦瑟弹。

禹王之民披盛装，鼎出盛世国运昌

禹之鼎，清代画家，字尚吉，号慎斋，扬州府兴化县人。他善画山水、花鸟及人物肖像，绘画功力扎实深厚，他的肖像画还曾以精湛的技艺和生动传神的形象誉满京师，"一时名人小像皆出其手"。其传世作品有《骑牛南还图》《放鹇图》《王原祁艺菊图》等。

禹之鼎出自贫寒之家，幼年曾给兴化李氏当过童仆，并跟着他学习了作画之法。青年时代的禹之鼎早已因画名盛行乡里。当地名流经常请他为自己画像，其中以明末清初诗人、画家吴伟业最为有名。作为晚辈后生的禹之鼎能被画坛前辈器重，可见他的画艺之精湛。当时的名仕常集饮聚会于"爱园"，也诚意邀请禹之鼎作画留念，这足见其在扬州画坛的名声和地位。

要说他一生中最显赫的事迹，当属随汪楫等出使琉球。这次出行不仅让禹之鼎声誉远播海外，更使他开阔了眼界见识，自身的修养和画艺也得到了进一步提高，更为他日后形成自己独特的绘画艺术风格奠定了基础。

海外归来后，禹之鼎名声大噪，结识了更多王公大臣和文人名士。他曾为曹雪芹先人、时任两淮监政的曹寅画过《栋亭图》，为大学士陈廷敬画过《燕居课儿图》，为朱彝尊本人画过《小长芦钓鱼师图》等。这些人物肖像刻画得细腻生动，神态惟妙惟肖，无不显示出绘画者技艺的精湛与纯熟。

虽然为王公大臣和文人名士画像使得禹之鼎声名鹊起，但时间一久，也让他不堪重负。身份卑微的禹之鼎，总是被召之即来，挥之即去，渐渐就产生了一种烦乱的心绪。最终，他决定辞官归隐。后来，禹之鼎借着为徐乾学编纂的《一统志》配图的机会，就此脱身。此后，他常与好友书画唱和，携手合作，作品中也多传达出闲适高雅的情思，蕴含的情感也更加真切。

剑气如虹谱新曲，美人怀抱锦瑟弹

禹之鼎的肖像画中多杂糅白描法、墨骨法以及江南画法等诸多技艺，加上他自己的融会贯通，使得他对人物的绘制达到了形神兼备的高度，风格有别于那些专宗一派的画家，形成了多种风格面貌。这首题画诗是禹之鼎为自己所绘的《牟司马相图》而作。

清代的"司马"其实是文官"同知"的雅称，大概为正五品官阶，其职能通常为佐理知府之盐政，负责缉捕盗匪、海防等行政事宜。所以诗文中提及的牟大人既有文人的雅致，又有武将的情怀，就很好理解了。

展开卷轴，原来是一幅行乐图式的肖像画。图中主人公牟司马神采奕奕，精神矍铄，正气定神闲地倾斜着身子侧坐在榻上。那坐榻长方平直，光素简约，没有过多的雕花和彩绘，古意盎然，单看这器具就可以看出主人的高雅情趣和魏晋遗风。牟司马顶戴蓝色头巾，一身素色常服，宽衣大袖，闲适的神情中隐藏着侠骨和意气。他把松散的络腮胡须打理得根根不乱，安静地看着眼前的女子弹奏着古琴，好像沉醉在自己最新谱就的优美乐曲中。

坐榻一旁闲置书卷、宝剑等物，可见主人定是一位文武双全的才俊。再看端坐于圆形绣墩之上的女子，只见她熟练地弹奏着朱红色琴架上的古琴，玉手抚琴，清丽秀雅。画中那株古柏，竟从屏风后伸枝探前。那繁茂的枝叶上缠绕着青藤蔓络，好像也听懂了琴音中的雅意，上前来和主人打声招呼。牟司马似有醉意，不知是陶醉于琴音，还是为这高雅闲适的生活而自得其乐。

侠骨嵯峨功名就，乐女琴音画中来

这幅《牟司马相图》充分展现了画家的功力。禹之鼎将画中人物那淡然放松的神态捕捉得十分精确，对于人物五官轮廓的勾勒通过淡墨渲染后，又以粉彩扑面，更增加了立体感。细腻的笔法下，胡须根根可数，生动逼真。人物的衣着纹理也富有变化，线条勾勒得自然流畅，充满动感。整体画面布局合理，再加上画家对古柏、家具与屏风的描绘，无不烘托出画面本身就具有的那份闲适安逸。

这首题画诗弥补了绘画的局限性，将牟司马的人生经历和精神追求进一步表达了出来。首句"侠骨嵯峨兴未孱"点明了牟司马身上独有的侠骨柔情，用"嵯峨"一词来形容这一气质的盛多。"孱"是指软弱、弱小，这里的"兴未孱"说的是他虽年纪见长，但侠义之气丝毫没有减退。次句"平生意气海漫漫"，诗人继续阐述上一句观点，将牟司马的远大志向与非凡气概比作茫茫大海，雄壮磅礴，浪涛齐天，生动形象地写出了他"老骥伏枥，志在千里。烈士暮年，壮心不已"的英雄本色。

第三句"闲来看剑新成曲"是对画中场景的再现。"闲来看剑"与辛弃疾词"醉里挑灯看剑"有着异曲同工之妙。作为一个"文能提笔安天下，武能上马定乾坤"的英雄，闲看宝剑自有报效国家之念，这种壮志不是谁都有的。但更难得可贵的是，一代豪杰竟还精通音律，这也足以让我们从侧面窥见牟司马的多才多艺和风流浪漫。

最后一句"付与佳人锦瑟弹"不仅总结概括了全诗，还成为全画的点睛之笔。诗中"锦瑟"指的是漆有织锦纹的瑟，唐代诗人李商隐《锦瑟》诗中的"锦瑟无端五十弦"，说的就是这种乐器。在古人眼中，"琴瑟"是高雅的乐器，所以追求"窈窕淑女"时，才要"琴瑟友之"。

在这里，主人公将自己所作乐曲交给乐女演绎，自己在一旁倾听，这又是何等的高雅格致，那份恬淡的胸襟和洒脱的处世风格也跃然纸上。

林佩环　爱君笔底有烟霞，自拔金钗付酒家

赠　外

[清]林佩环

爱君笔底有烟霞，自拔金钗付酒家。

修到人间才子妇，不辞清瘦似梅花。

诗画引出才子佳人，墨笔招来风花雪月

她既是画中的女子，也是题画诗的作者，她就是清代才女——林颀。林颀，字韵徵，号佩环，顺天大兴人（今北京市人）。这幅画的作者就是林颀的丈夫——清代才子张问陶。

张问陶精通诗文书画，在诗文上与袁枚、赵翼合称清代"性灵派三大家"，画功上集"明四家"（沈周、唐寅、文徵明、仇英）之技艺精华，因善于画猿，所以自称"蜀山老猿"。

张问陶诗文俱佳，才华独到，时人称其为"青莲再世""少陵复出""蜀中诗人之冠"。才女林佩环因倾慕张问陶诗才，在

他23岁功名受挫、命运乖舛之际下嫁于他，心甘情愿地做了他的继室。

翁翁红梅一树春，斑斑林竹万枝新

自古才子大多命途多舛，张问陶也是如此。他在20岁的时候与都察院左都御史周兴岱的长女结为夫妇。婚后第三年，其夫人病逝于涪州。不久之后，他的小女儿也夭折了。可张问陶又是幸运的，23岁的他竟因诗名得到了才女林佩环的青睐。更可贵的是，林佩环的父亲林儁也独爱其才，对他曾有过妻室的过往毫不计较，将女儿林佩环许配给他。

对此，张问陶还作了一首《丁来九月赘成都盐茶道署，呈外舅林西厓先生》来夸赞林儁。其中"黄河九曲终千里，大鸟三年始一鸣。惭愧祁公能爱我，夜窗来听读书声"表达了对林儁的知遇之恩和感激之情。

一个如竹一般正直的君子，一个似梅一般脱俗的才女，他们二人竟因诗相遇、结缘，这是多么的幸运啊。张问陶曾写诗称赞妻子："袖中已遂襄阳癖，林下犹逢谢女才。娶妇也须无俗韵，生儿应免出凡材。"由此可以窥见张问陶对妻子的喜爱与敬佩。

新婚后，两人的生活可谓是说不尽的甜蜜与幸福。可好景不长，张问陶要进京赶考，夫妻不得不分离。两地分居的夫妻只好驿寄梅花，鱼传尺素，将满腔相思寄予诗文。好在后来二人很快就结束了这种分居两地的状态，林佩环不久就奔赴京城，夫妻二人恩爱如昔。

张问陶生活在一个思想禁锢的年代，可他从未觉得夸赞妻子就是违背当时的社会习俗以及伦理，他只是直接地说出自己的内心所想，直白地赞叹妻子的美貌。比如，他曾在《斑竹塘车中》中用"车中妇美村婆看，笔底花浓醉墨匀"一句来夸耀妻子的容貌。

可见，这位大才子的思想观念要比当时的社会风气开放许多，这样想来，他得佳人倾慕也不无缘由，因为他身上的气质的确十分吸引人。

画中女子亦是题诗之人，诗里梅花犹亲弹琴之事

张问陶与林佩环举案齐眉，伉俪情深，诗酒唱和，犹如神仙眷侣。有一年冬天，张问陶闲来无事，就为夫人林佩环画像。画中的林佩环玉面桃颜，清丽端秀，眉眼之间还散发着一股氤氲书香，令人观之忘俗。画毕，林佩环捧画细瞧，自是欢喜，于是便在画上题诗一首：

爱君笔底有烟霞，自拔金钗付酒家。

修到人间才子妇，不辞清瘦似梅花。

她说，画中的我清秀脱俗，身姿窈窕，遮不住眼中的满满爱意。我心中所爱之人是当世大才子，无论在诗坛还是官场，他都受万人敬仰，但此刻他却只为我一人画像。别人爱我品貌俱佳，可我的芳心却只属于他；别人都赞颂他诗文才华，可我只愿他心常念我。

初识君子时，以诗文为媒，虽知他妻女双亡，我为继室，亦是不胜欢喜。那时曾许愿月老赐婚，哪怕真的有一天我夫妇二人穷困潦倒，我也愿拔下头上金钗与他把酒对饮……

如果真的有幸和这样的才子一生相守，需要与他共同面对生活艰辛，就算让我消瘦成梅花枝干，我也心甘情愿，甘之如饴……

张问陶读了妻子的《赠外》诗后，在赞叹妻子的才华之余，也随即依韵和诗一首：

妻梅许我癖烟霞，仿佛孤山处士家。

画意诗情两清绝，夜窗同梦笔生花。

张问陶说，我的傻夫人啊，我亦敬卿诗才。你瘦成梅花枝干一般也要同为夫饮酒赋诗的情谊，是世间少有的。我愿今生都与你同醉同眠，去做那妙笔生花的诗、两情相悦的梦。这样的才子佳人真叫旁人羡煞。

只可惜这样的天作之合，也未能幸免地落入了俗套。嘉庆十六年（公元1811年），47岁的张问陶在移居苏州之际偷纳了一个小妾。林佩环得知后，不免伤心欲绝，可惜她没有卓文君"闻君有两意，故来相决绝"的刚烈，也没有管道升"你侬我侬，忒煞情多"的机变，她选择了隐忍不发。 林间有泉，泉水涓涓。爱才若渴，如鸣佩环。展开书卷，垂问陶潜。秋菊眷爱，梅骨意寒！画中的女子眼中含笑，面若桃花，那首题画诗就好像她的蕙质兰心一般，诉说着一段爱情传奇。

也许，才子佳人的结局多是悲凉的，但至少曾经的情意还是随时光流传了下来，让后人深省。